CHAQUE PIÈCE, 20 CENTIMES. 286 et 287 LIVRAISONS. THÉATRE CONTEMPORAIN ILLUSTRÉ MICHEL LÉVY FRÈRES, ÉDITEURS, RUE VIVIENNE, 2 BIS.

L'AVEUGLE

DRAME EN CINQ ACTES

PAR

MM. ANICET-BOURGEOIS ET A. D'ENNERY

Représenté pour la première fois, à Paris, sur le théâtre de la Gaîté, le 21 mars 1857.

DISTRIBUTION DE LA PIÈCE.

ALBERT MOREL, premier rôle jeune....	MM. LAFERRIÈRE.
M. DUPERRIER, premier rôle...........	CHILLY.
M. DARCY, premier comique..........	PAULIN MÉNIER.
M. ROUSSEAU, père noble.............	DELORIS.
RÉMY, deuxième comique.............	M. JOSSE.
LOUISE, forte jeune première...........	Mmes GASPARI.
GENEVIÈVE, ingénuité.................	AUGUSTA.
SUZANNE, soubrette....................	LAGRANGE.
JULIETTE, enfant......................	Mlle MARIE DUBREUIL.

ACTE I

Un salon, cabinet de travail, à gauche un bureau, ameublement sévère.

SCÈNE PREMIÈRE.

RÉMY, achevant d'épousseter.

Voilà le cabinet de travail de monsieur suffisamment épousseté. Dix heures! encore une journée qui commence et qui finira comme a commencé et fini la journée d'hier... Ah! tous les jours se ressemblent ici depuis six mois que M. Armand a quitté la maison, ou plutôt depuis que M. Duperrier l'a forcé de partir. A la bonne heure! celui-là menait joyeuse vie, il faisait un peu danser les écus de monsieur son père, et tout le monde s'en ressentait. C'était un mauvais sujet, je le veux bien, mais ses vices étaient d'un très-bon rapport, pour moi surtout..... A sa place on a implanté ici un petit caissier bien sage, bien travailleur, bien économe surtout; pourtant je soupçonne notre jeune Caton de se déranger... il est rentré au milieu de la nuit, et il n'est pas encore descendu à son bureau; mais à quoi me serviraient les désordres de ce garçon-là? il n'a pas en perspective l'héritage d'un père trois fois millionnaire..... Ah! monsieur Armand était bien le maître qu'il me fallait! Allons, je ne resterai pas dans une maison où l'argent qui entre par la porte n'est pas quelque peu jeté par la fenêtre. (Geneviève, vêtue de deuil, entre par la porte à droite.)

SCÈNE II.

GENEVIÈVE, RÉMY.

GENEVIÈVE, regardant autour d'elle.

Rémy!

RÉMY.

Mademoiselle!

GENEVIÈVE.

Vous êtes seul?

RÉMY.

Tout à fait seul.

GENEVIÈVE.

J'avais cru vous entendre parler.

RÉMY.

Je réfléchissais tout haut.

GENEVIÈVE.

M. Albert n'est pas encore descendu à la caisse?

RÉMY.

Non, mademoiselle.

GENEVIÈVE.

Il n'est pas malade?

RÉMY.

Malade de fatigue, peut-être.

GENEVIÈVE.

Il a veillé ?

RÉMY.

Oui, mademoiselle.

GENEVIÈVE.

Il travaille trop. M. Duperrier est si sévère, si exigeant.

RÉMY.

Je ne crois pas pourtant qu'il exige de son caissier d'aller courir le monde et de ne rentrer qu'à quatre heures du matin.

GENEVIÈVE.

A quatre heures?

RÉMY.

Oui, mademoiselle, M. Albert Morel est sorti hier soir en grande tenue, habit noir, cravate blanche et gants frais. Je l'ai entendu rentrer à quatre heures du matin.

GENEVIÈVE.

Au bal, lui qui porte le deuil de sa mère, comme moi le deuil de ma bonne marraine! non cela n'est pas possible, Rémy; il faut monter à sa chambre et vous informer vous-même..... (Rousseau entre par le fond.)

SCÈNE III.

Les Mêmes, ROUSSEAU.

ROUSSEAU.

M. Duperrier est-il visible, Rémy?

RÉMY.

Monsieur est toujours visible pour son notaire.

ROUSSEAU.

Annoncez-moi, je vous prie.

RÉMY.

Tout de suite, monsieur.

GENEVIÈVE.

Rémy, vous monterez ensuite chez M. Albert, et s'il était souffrant...

RÉMY.

Je viendrais vous en prévenir, mademoiselle.

GENEVIÈVE.

Merci, Rémy.

SCÈNE IV.

ROUSSEAU, GENEVIÈVE.

ROUSSEAU.

Pardonnez-moi, Geneviève, je ne vous avais pas aperçue en entrant. M. Albert, dont vous parliez à ce garçon, est un des commis de M. Duperrier, n'est-ce pas?

GENEVIÈVE.

Oui, monsieur; entré ici il y a quatre mois, il est aujourd'hui caissier de la maison.

ROUSSEAU.

Oh! oh! il est bien jeune pour occuper un tel emploi..... le caissier ici remue des millions.

GENEVIÈVE.

Oh! M. Albert est bien digne de la confiance de M. Duperrier.

ROUSSEAU.

Vous connaissez donc ce jeune homme?

GENEVIÈVE.

Depuis mon enfance.

ROUSSEAU.

Il est de votre pays?

GENEVIÈVE.

Non, monsieur, mais sa mère était venue s'y établir. Madame Morel vivait de son travail; on la disait veuve d'un militaire. Albert, son unique enfant, reçut, grâce aux sacrifices qu'elle s'imposa, une bonne éducation; il avait surtout d'étonnantes dispositions pour le dessin, et tout annonçait qu'il serait un jour un artiste distingué. Il y a trois ans, je quittai le pays avec la vieille parente qui m'avait élevée; elle me fit entrer dans un des premiers pensionnats de Lyon; elle suivait en cela les avis de monsieur Duperrier, ancien ami de mon père, et qu'on m'avait habituée à regarder comme mon tuteur. Un jour, dans notre salle d'étude, et à la place de notre vieux professeur de dessin, je vis un jeune homme s'avancer timidement au milieu de nous; ce jeune homme, c'était Albert : l'élève était devenu maître...., Pendant près d'une année, il fit assidûment son cours; puis la directrice du pensionnat nous apprit que madame Morel, gravement malade, avait rappelé son fils, et Albert ne revint plus. Jugez de ma surprise, lorsqu'en arrivant, il y a trois mois, chez monsieur Duperrier, qui avait fait disposer, pour ma marraine et pour moi, un petit logement dans son hôtel, je retrouvai dans ses bureaux mon professeur du pensionnat. C'était, je l'ai su depuis, pour obéir à la suprême volonté de sa mère mourante qu'il avait changé de carrière. Vous voyez que monsieur Albert et moi, nous sommes déjà de vieux amis.

RÉMY, rentrant.

Voici, monsieur.

GENEVIÈVE, bas à Rémy.

Et monsieur Albert?...

RÉMY, bas.

N'est plus dans sa chambre et n'est pas encore à la caisse.

GENEVIÈVE, à part.

Ah! mon Dieu!

ROUSSEAU.

Qu'avez-vous, mon enfant?

GENEVIÈVE.

Rien, rien, monsieur! Je vous laisse..... (A part.) Qu'est-il donc arrivé à Albert? (Elle sort.)

SCÈNE V.

DUPERRIER, ROUSSEAU.

DUPERRIER, entrant de gauche.

Bonjour, monsieur Rousseau... Vous avez reçu mon billet?

ROUSSEAU.

Oui, monsieur, et, suivant votre désir, je vous apporte la somme de soixante mille francs déposée par vous entre mes mains... ainsi que le pli cacheté qui devait m'en indiquer l'emploi. Vous aviez voulu prévoir le cas où la mort serait venue vous surprendre avant que vous eussiez pu vous-même disposer de cet argent... Voici le portefeuille et voici le pli cacheté.

DUPERRIER.

Merci!

ROUSSEAU.

Vous êtes, et je m'en applaudis, tout à fait rassuré sur l'état de votre santé.

DUPERRIER.

Ma santé? elle s'altère chaque jour davantage; je n'ai plus de sommeil; une fièvre lente use mes forces; ma vie n'est plus qu'une incessante douleur, et c'est avec joie que j'en vois approcher le terme.

ROUSSEAU.

Vous appelez la mort, vous, un homme heureux!

DUPERRIER.

Heureux! parce que je suis riche, n'est-ce pas? Riche! Toutes les félicités de la terre semblent renfermées dans ce mot..... Riche!

ROUSSEAU.

Nous avons quelques comptes à régler entre nous..... Vous m'avez parfois aidé de votre crédit. En cessant d'être votre notaire, je veux n'être plus votre débiteur, et je me suis mis en mesure de.....

DUPERRIER.

Comment, vous n'êtes plus notaire?

ROUSSEAU.

J'ai vendu ma charge. Mon successeur, admis par la chambre, a pris possession de l'étude ce matin, et je quitte Lyon aujourd'hui.

DUPERRIER.

Vous voilà riche aussi; mais vous, vous avez un enfant qui vous aime et dont, à bon droit, vous êtes fier... Vous emmenez mademoiselle Louise avec vous?

ROUSSEAU.

Nous allons habiter à Nîmes la maison où je suis né. Ma fille doit tout à l'heure venir me rejoindre : vous lui permettrez de vous faire ses adieux...

DUPERRIER.

Vous partez aujourd'hui?

ROUSSEAU.

A deux heures; la voiture de poste viendra nous attendre à la porte de votre hôtel.

DUPERRIER.

Pouvez-vous disposer d'une troisième place dans cette voiture?

ROUSSEAU.

Sans doute.

DUPERRIER.

Alors vous m'éviterez la fatigue d'un voyage; je confier Geneviève aux bons soins de mademoiselle Louise.

ROUSSEAU.

Geneviève vous quitte?

DUPERRIER.

La mort de sa vieille marraine, qui habitait ici avec elle, laissé la pauvre petite seule et sans égide; la position de Gen vièvo dans une maison pleine de commis, ouverte à tous venants, n'était plus convenable; je me suis souvenu qu'elle avait encore un parent à Varangel, son pays...

ROUSSEAU.

Un petit village à quelques lieues de Nîmes.

DUPERRIER.

C'est cela! Ce parent, croyant Geneviève sans ressources et sans avenir, ne s'était jamais avisé de lui offrir un asile; mais depuis qu'une lettre de moi lui a appris que Geneviève apporterait une petite fortune avec elle, le digne homme s'est empressé de me répondre que sa femme et lui seraient heureux d'accueillir leur nièce. Geneviève aura là une existence modeste, calme, et si plus tard il se présente pour elle un parti sortable, j'ajouterai une dot à cette somme de soixante mille francs qui lui était destinée et que je lui remettrai au moment du départ.

ROUSSEAU.

Soixante mille francs, c'est en effet une fortune pour cette jeune fille...

DUPERRIER.

Vous croyez que je fais beaucoup pour elle? Un dernier conseil: je veux m'occuper de mon testament: quelle part la loi me permet-elle de distraire de ma fortune?

ROUSSEAU.

Vous voulez donc déshériter votre fils?...

DUPERRIER.

Mon fils! c'est lui qui me tue.

ROUSSEAU.

Vous vous exagérez les torts de ce jeune homme; vous êtes trop sévère pour lui.

DUPERRIER.

Dieu me punit au contraire de ma faiblesse, de mon indulgence, qui ont fait pour moi de ce fils un tourment et peut-être une honte; si je n'avais pas été riche comme je vous le disais tout à l'heure, si je n'avais eu à laisser à mon fils que le nécessaire après moi, alors, ne pouvant plus compter sur une fortune toute faite, il aurait songé à s'en créer une par le travail; alors, mon cher monsieur Rousseau, je n'aurais pas sous les yeux le triste spectacle d'un enfant avide de jouir au plus vite et de réaliser ce qu'il appelle des espérances! espérances basées sur une tombe toujours trop lente à se fermer. Et quand ce fils sans cœur possédera enfin cette richesse amassée par le labeur de son père, il rougira de la source honorable de cette fortune; il reniera peut-être le nom de celui qui la lui aura transmise; fainéant inutile, il prodiguera dans l'orgie et la débauche, cet or si péniblement amassé et quand, avec des filles perdues ou sur un tapis vert, il aura dépensé son dernier écu, il se réveillera, il aura enfin la conscience de sa nullité, et comme il ne possédera plus rien, comme il ne sera bon à rien, il n'aura plus devant les yeux que l'infamie ou le suicide...

ROUSSEAU.

Monsieur Armand voyage en Italie, je crois; recevez-vous souvent des lettres de lui?

DUPERRIER.

Oui... des lettres de change.

ROUSSEAU.

Vous auriez dû peut-être...

DUPERRIER.

Les refuser à l'échéance: je l'ai fait; savez-vous alors quelles traites on m'a présentées? des traites revêtues de ma signature! Comprenez-vous?... il fallait payer ou laisser déshonorer mon fils... j'ai payé... Me croyez-vous encore un homme heureux?

ROUSSEAU.

Vous ne méritez pas d'être mis à cette cruelle épreuve... vous, monsieur Duperrier; vous, le plus honnête homme que je connaisse.

DUPERRIER.

Je suis un honnête homme pour vous comme pour tout le monde, parce que je n'ai jamais manqué à ma parole, ni à ma signature... mon cher monsieur Rousseau, je suis un négociant intègre... mais, dans ma conscience, je ne suis pas un honnête homme... Mérite-t-il ce titre celui qui a payé le trop confiant amour d'une belle et sainte jeune fille par le déshonneur et le plus lâche abandon? Mérite-t-il ce titre celui qui, plus tard, se trouvant sur le terrain en face d'un homme qu'il avait follement insulté, d'un homme qu'il savait être l'unique soutien de sa famille, a tué froidement le généreux adversaire qui ne lui demandait qu'un mot de réparation pour lui tendre la main. Voilà deux actions bien infâmes, n'est-ce pas? Vous voyez donc que je ne suis pas un honnête homme; vous voyez donc que je ne pourrai jamais rendre à Geneviève ce que je lui ai pris...

ROUSSEAU.

L'homme que vous avez tué en duel?...

DUPERRIER.

C'était son père!... (Geneviève entre.)

SCÈNE VI.

LES MÊMES, GENEVIÈVE.

GENEVIÈVE.

Monsieur, je vous apporte votre courrier.

DUPERRIER.

Des lettres d'Italie, peut-être... Non. C'est bien, mon enfant.

GENEVIÈVE, regardant furtivement dans la caisse.

Il n'est pas rentré?

DUPERRIER.

Geneviève?

GENEVIÈVE.

Monsieur.

DUPERRIER.

Vous êtes affectueuse et bonne; vous adoucissiez... vous charmiez ma solitude... et pourtant... il va falloir nous quitter...

GENEVIÈVE.

Vous quitter, monsieur?

DUPERRIER.

Aujourd'hui, tout à l'heure... j'attendais, pour vous l'annoncer, une réponse de votre oncle Landrin... Cette réponse, je l'ai reçue... il vous attend.

GENEVIÈVE.

Pourquoi me renvoyez-vous, monsieur?

DUPERRIER.

La raison, votre intérêt ordonnent cette séparation. Je suis vieux, malade, et je ne veux pas après moi vous laisser sans appui... Vous serez bien accueillie par votre oncle Landrin. Monsieur Rousseau, qui part avec sa fille, veut bien vous servir de guide jusqu'à Nîmes, où votre oncle viendra vous chercher... Nous serons éloignés l'un de l'autre, mais je veillerai toujours sur vous; je ne vous oublierai pas, je ne vous oublierai jamais... Tenez-vous prête à partir.

ROUSSEAU.

A deux heures.

GENEVIÈVE.

Sitôt!

DUPERRIER.

Nous nous reverrons avant votre départ... nous nous reverrons, mon enfant... (A M. Rousseau.) Venez, j'ai à vous consulter.. vous savez que j'ai encore une faute à réparer. (Ils sortent.)

SCÈNE VII.

GENEVIÈVE, puis ALBERT.

GENEVIÈVE.

Partir aujourd'hui! mon Dieu! la pensée ne m'était pas venue qu'un jour je quitterais cette maison... Partir dans une heure! sans avoir revu Albert, sans savoir... (Albert entre.) Ah!... le voilà...

ALBERT.

Geneviève, monsieur Duperrier ne m'a pas demandé?...

GENEVIÈVE.

Non... je ne sais... (A part.) Quelle agitation!... Monsieur Duperrier ignorait sans doute... mais moi, je savais, j'étais inquiète.

ALBERT.

Inquiète?

GENEVIÈVE.

De votre retard, de votre absence... je craignais...

ALBERT.

Quoi donc?

GENEVIÈVE.

De ne pouvoir vous dire adieu!

ALBERT.

Adieu?

GENEVIÈVE.

Je pars!

ALBERT.

Vous, Geneviève!

GENEVIÈVE.

Je retourne à Varangel!... à Varangel, où j'ai connu votre mère, qui aimait la pauvre orpheline... Là-bas, je ne retrouverai plus qu'une tombe.

ALBERT.

Et sur cette tombe, Geneviève, vous irez prier, n'est-ce pas?...

GENEVIÈVE.

Oui, je prierai pour elle.

ALBERT.

Et pour moi.

GENEVIÈVE.

Pour vous?

ALBERT.

Oh! je suis bien malheureux, Geneviève.

GENEVIÈVE.

Malheureux, vous! Mes pressentiments ne me trompaient donc pas, Albert... Vous pleurez, la fièvre brûle vos mains; mon Dieu, qu'avez-vous?

ALBERT.

Rien! Oubliez ce que j'ai dit... j'ai la tête perdue, voyez-vous, j'ai eu tort de vous affliger.

GENEVIÈVE.

Albert! quand votre mère me prenait toute petite sur ses genoux, elle m'appelait sa fille... Pour un moment, Albert, supposez que Dieu, qui vous a pris votre mère, vous a donné une sœur; on dit tout à sa sœur.

ALBERT.

Chère petite, la confidence que vous me demandez de vous faire, je ne sais si je l'eusse faite à ma mère; pauvre femme, elle aussi n'aurait eu que des larmes à me donner! le ciel lui a épargné du moins la douleur de voir son fils déshonoré.

GENEVIÈVE.

Déshonoré vous!

ALBERT.

N'est-il pas justement flétri dans l'opinion celui qui contracte une dette qu'il ne pourra payer, une dette dont l'acquittement ne saurait souffrir ni retard ni délai... dette honteuse... dette de jeu...

GENEVIÈVE.

Vous avez joué! vous, Albert?

ALBERT.

Savais-je seulement ce que je faisais... j'étais fou! et tenez, maintenant qu'une partie de mon secret s'est échappée, vous saurez tout, Geneviève! mais votre cœur si candide et si pur pourra-t-il comprendre les tourments, les orages du mien? me comprendrez-vous quand je vous dirai que j'aime avec transport, avec frénésie?

GENEVIÈVE, tressaillant.

Vous aimez?

ALBERT.

Geneviève!

GENEVIÈVE, se remettant.

Continuez, Albert: le cœur d'une femme comprend toutes les douleurs... Vous aimez; ah! qu'elle doit être heureuse!

ALBERT.

Elle ne sait même pas que je l'aime! Elle est de ce monde qui n'admet de l'artiste que le talent. Elle avait autrefois désiré recevoir quelques leçons de dessin, et m'avait daigné choisir pour professeur. Si vous saviez comme elle était belle lorsque, penchée vers mon album, son visage près du mien, elle demandait à ma main tremblante de diriger sa main incertaine... je me disais que mon amour était folie, je jurais que la leçon que je donnais était la dernière... Insensé! A peine éloigné d'elle, je comptais les jours qui devaient s'écouler. Enfin, la maladie de ma mère me força de quitter Lyon. Auprès du lit de la chère mourante, j'oubliai tout! jusqu'à mon amour; pour obéir à une volonté suprême, j'avais brisé mes crayons... Commis chez monsieur Duperrier qui, au nom de ma mère, m'avait accueilli avec bienveillance, je me livrais ardemment à un travail tout nouveau pour moi. En vous, Geneviève, j'avais retrouvé ici une bonne et sincère amie; mon âme était calme; je croyais mon amour mort, il n'était qu'endormi. Je la rencontrai... elle!... il y a quelques jours. Elle m'apparut plus belle, plus séduisante encore... de ce moment, je n'eus plus qu'un désir, qu'une pensée... la revoir, ne fût-ce qu'une fois, ne fût-ce qu'une heure! J'appris qu'une de ses amies, qui avait été aussi mon élève, donnait un grand bal. Elle devait aller à ce bal, j'obtins facilement une invitation. Oh! comme le cœur me battait en entrant dans les salons où bientôt je ne vis plus qu'elle! Mon deuil ne me permettait pas de l'inviter, mais avec quelle avidité je la suivais des yeux!... Elle m'avait reconnu et gracieusement accueilli par un sourire.. Puis, pour rejoindre son père qui était dans la salle de jeu, elle voulut bien accepter mon bras. Fatiguée de la danse, elle vint s'asseoir près de son père... Je ne pouvais plus m'éloigner de ce salon, et pour rester près d'elle, moi qui n'avais jamais touché une carte, je pris une place à la table du lansquenet; de cette place, je la voyais, Geneviève. J'avais sur moi quelques louis que je livrai au hasard d'un jeu que je ne connaissais pas... Faites-vous banco, me disait-on; et, pour ne pas quitter ma place, je répondais, oui, toujours oui. Elle se lève, je veux la suivre... Monsieur, me dit-on en me retenant, c'est deux mille francs que vous perdez!... Deux mille francs! et je ne possédais pas la dixième partie de cette somme. Tenez encore, vous pouvez vous acquitter sur une carte. Et retombant sur ma chaise, je tentai la fortune: trois fois elle me fut contraire; ma dette montait à seize mille francs quand mon adversaire m'annonça qu'il voulait se retirer et qu'il ne m'accordait plus qu'une dernière revanche. Oh! les tortures du joueur, je les ai toutes comprises, dans cette minute... Une carte pouvait me sauver!

GENEVIÈVE.

Eh bien?

ALBERT.

Je ne voyais plus... Encore perdu! s'écria-t-on autour de moi... J'avais joué quitte ou double, je perdais trente-deux mille francs, et comme je restais immobile et muet, mon adversaire me dit en souriant. Vous n'avez sans doute pas la somme sur vous, voici mon adresse, vous enverrez cela chez moi, demain... Et cet homme partit, confiant en ma parole, en mon honneur, et cette parole je ne pouvais pas la tenir, Geneviève... C'est mon honneur que j'ai joué... c'est mon bonheur que j'ai perdu.

GENEVIÈVE.

Voyons, ne pouvez-vous pas trouver à emprunter cette somme?

ALBERT.

Emprunter! moi qui suis pauvre, qui ne vis que de mon travail. Pourtant, lorsque rentré chez moi, j'ai pu rassembler mes idées, je me suis souvenu d'un ancien camarade de collège, presque millionnaire, qui m'avait fait autrefois de généreuses offres de service. Au point du jour, j'ai couru chez lui; il était à la campagne; mais on l'attendait à Lyon aujourd'hui. Je vais lui écrire, écrire aussi à mon créancier de cette nuit pour lui demander quelques jours... Si tout cela me manque...

GENEVIÈVE.

Vous avouerez tout à monsieur Duperrier.

ALBERT.

A lui? oh! non, je me tuerais plutôt.

GENEVIÈVE.

Albert!

ALBERT.

Geneviève, envoyez-moi Rémy.

GENEVIÈVE.

Mon ami! quoi qu'il arrive, souvenez-vous de votre mère et ne désespérez jamais de la bonté de Dieu! Ah! voilà Rémy.

SCÈNE VIII.

GENEVIÈVE, ALBERT, RÉMY, puis LOUISE.

ALBERT, qui écrit.

Rémy, vous allez porter ces deux lettres, l'une chez monsieur de Rouvray, place Bellecour; l'autre à l'hôtel de Paris.

RÉMY.

Je connais parfaitement.

ALBERT.

Obtenez les réponses à ces deux lettres et ne remettez ces réponses qu'à moi, entendez-vous bien, à moi seul.

RÉMY.

Oui, monsieur. (Au moment de sortir par le fond, il trouve sur le seuil de la porte mademoiselle Louise Rousseau, en élégante toilette de voyage.)

LOUISE.

Monsieur Rousseau n'est-il pas en ce moment chez monsieur Duperrier?

ALBERT, se levant.

Cette voix!...

RÉMY.

Oui, mademoiselle. (Il sort.)

ALBERT, à part.

C'est elle!

GENEVIÈVE, très-émue.

Elle!

LOUISE, à part.

Monsieur Albert! ici...

GENEVIÈVE.

Monsieur Rousseau attendait, je crois, mademoiselle?

LOUISE.

Oui, pour partir ensemble.

ALBERT.

Partir!

GENEVIÈVE.

Je vais prévenir monsieur Rousseau et monsieur Duperrier. (A part, et avec douleur.) Elle!... c'est elle qu'il aime!

SCÈNE IX.

ALBERT, LOUISE.

ALBERT.

Vous quittez Lyon, mademoiselle?

LOUISE.

Dans quelques minutes... Je vois qu'hier on m'avait dit vrai quand on m'assurait que vous aviez renoncé aux arts pour suivre une autre carrière. Celle que vous avez choisie peut vous conduire plus vite à la fortune... Je le souhaite sincèrement, monsieur; mais j'avoue que j'ai peine à comprendre que, dou comme vous l'étiez, vous avez préféré la richesse à la réputation.

ALBERT.

La réputation est lente à acquérir, mademoiselle, et la sollicitude maternelle m'a tracé une route que j'ai dû suivre.

LOUISE.

A regret, n'est-ce pas? si l'art n'enrichit pas, grâce à lui, on peut rêver des triomphes que l'or ne donnera jamais. Ces triomphes, monsieur Morel, vous y pouviez justement prétendre, et moi, votre élève indigne, j'étais, je vous jure, toute fière de mon maître. Laissez-moi donc espérer que lorsque vous vous serez créé une honorable indépendance, vous reprendrez vos crayons et vos pinceaux. Nous ne manquons pas de financiers, et les grands artistes sont rares: les uns font peut-être la prospérité du pays... les autres font certainement sa gloire. Je suis femme... grâce à vous, un peu artiste, et à mes yeux, un chef-d'œuvre aura toujours un bien autre prix qu'un coffre-fort.

ALBERT.

Ah! mademoiselle!

UN DOMESTIQUE.

M. Rousseau attend mademoiselle.

LOUISE.

C'est bien. Je pars avec cette conviction que vous n'avez pas dit à l'art un éternel adieu; moi, monsieur Morel, je vous dis au revoir.

SCÈNE X.

ALBERT, puis RÉMY.

ALBERT.

J'ai bien entendu : au financier favorisé de la fortune, elle aurait préféré l'artiste couronné par la gloire! j'aurais pu être cet artiste, moi! je pourrais l'être encore!... Malheureux, tu rêves! (Apercevant Rémy.) Et on vient t'éveiller!...

RÉMY, arrivant du fond.

M. Jules de Rouvray ne reviendra de la campagne que dans huit à dix jours. Quant à la personne qui demeure à l'hôtel de Paris, elle regrette de n'avoir pas la possibilité de faire ce que vous désirez. Ce monsieur voyage et quittera Lyon ce soir même; il ne peut attendre que jusqu'à huit heures.

ALBERT.

Merci, Rémy. (A part.) Ah! ce n'est pas la gloire qui m'est réservée... c'est la honte! (Il se met au bureau.) Rémy?

RÉMY.

Monsieur?

ALBERT.

Vous retournerez à l'hôtel de Paris.

RÉMY.

Oui, monsieur.

ALBERT.

Vous remettrez à monsieur...

RÉMY.

Vanhelt...

ALBERT.

La lettre que je vais écrire.

RÉMY.

Oui, monsieur. (A ce moment, un valet sort du pan coupé à droite, portant une malle et des cartons.)

LE VALET, s'approchant de la caisse.

M. Duperrier fait demander M. Morel?

ALBERT.

Je vais monter chez lui.

LE VALET.

Rémy, aidez-moi donc à descendre dans la cour les malles et les cartons de mademoiselle Geneviève.

RÉMY.

C'est que...

ALBERT, écrivant toujours.

Allez, Rémy; vous prendrez ma lettre sur ce bureau!

RÉMY.

Bien, monsieur. (Il sort.)

ALBERT, seul.

Si mon créancier est pour moi sans pitié, à huit heures je lui aurai donné le seul bien que je possède... ma vie. (Prenant une liasse de papier, et à Rémy qui reparaît au fond.) Rémy, ma lettre est prête! vous allez la porter. Je passe chez M. Duperrier...

LE VALET, reparaissant par le pan coupé de droite.

Descendez encore cela, Rémy, je me chargerai du reste.

RÉMY, seul un moment.

C'est bon! (Regardant à la fenêtre.) Il n'est plus là! Pardieu! tout à l'heure, en rangeant les bagages sur la voiture, j'ai vu, de l'autre côté de la rue, enveloppé dans un manteau... le visage à moitié caché par une grosse cravate... Non... ça ne pouvait pas être lui... d'ailleurs, il ne serait pas resté dehors. Je me serai trompé... C'est égal... il y a des ressemblances étonnantes.

SCÈNE XI.

GENEVIÈVE, RÉMY.

GENEVIÈVE.

Rémy, où est M. Albert?

RÉMY.

Il vient de monter chez M. Duperrier par le petit escalier de la caisse!

GENEVIÈVE.

Vous avez eu les réponses qu'il attendait?

RÉMY.

Oui, mademoiselle; mais elles n'étaient pas très-bonnes, je suppose : M. de Rouvray n'est pas à Lyon, et le monsieur de l'hôtel de Paris ne veut pas attendre... Je ne sais pas si vous comprenez, mais je ne peux pas vous en dire davantage, si ce n'est que je vais porter à l'hôtel de Paris une seconde lettre que M. Morel vient d'écrire et qu'il a laissée sur son bureau. Le temps de descendre ces cartons, et je pars. (Il sort par le fond.)

GENEVIÈVE, seule un moment et pressant entre ses mains le portefeuille remis par Rousseau à Duperrier.

Bon père! sois béni! toi qui laissais à ton enfant presque une fortune? Toi qui as voulu qu'elle lui fût donnée le jour même où cette fortune peut l'aider à sauver l'ami de son enfance!... Ce créancier qui ne veut pas attendre sera payé aujourd'hui! Et Albert ne connaîtra pas la main qui se sera tendue vers lui. Voyons, sa lettre à ce M. Vanheld doit être là, sur la table; oui, le cachet humide encore permet d'ouvrir cette enveloppe. (Elle prend la lettre que vient d'écrire Albert.) Ouvrir une lettre : Oh! mais il y va de sa vie. (Lisant.) « Monsieur, accordez-moi huit jours; dans huit jours vous serez payé ou je serai mort! » Non, pauvre Albert, tu ne mourras pas! tu vivras pour celle que tu aimes. (Mettant vivement sous l'enveloppe des billets de banque qu'elle retire du portefeuille.) Je te le disais bien : Dieu qui t'a repris ta mère t'a donné une sœur. (Elle a recacheté l'enveloppe, qu'elle remet vivement sur la table au moment où Duperrier, Rousseau et Louise entrent par le pan coupé à gauche.)

SCÈNE XII.

DUPERRIER, GENEVIÈVE, LOUISE, ROUSSEAU, puis RÉMY

DUPERRIER.

Geneviève.

GENEVIÈVE.

Me voilà, monsieur.

ROUSSEAU, à Geneviève.

Ma chère enfant, la voiture est dans la cour.

RÉMY, entrant du fond.

Et les bagages sont en place.

LOUISE.

Mademoiselle Geneviève, M. Duperrier nous a dit quels titres vous avez à notre intérêt. Mon père vous a promis sa protection; moi, mademoiselle, je vous offre mon amitié.

GENEVIÈVE.

La pauvre orpheline s'efforcera de mériter, mademoiselle, et cette protection et cette amitié. Pardonnez-lui les larmes qu'elle ne peut retenir. (A Duperrier.) J'aurais voulu avoir plus de courage, monsieur.

DUPERRIER.

Ne pleurez pas, Geneviève; depuis la mort de votre marraine, aucuns liens ne vous attachaient ici, pas même ceux de la reconnaissance. Ce que j'ai fait, ce que je ferai pour vous n'a été, ne sera que l'accomplissement des volontés de votre père; de votre père, entendez-vous bien? C'est lui, lui seul qu'il faut remercier, c'est sa mémoire qu'il faut bénir. A moi, Geneviève, vous ne devez rien, absolument rien.

GENEVIÈVE.

Oh! monsieur! (Elle lui baise les mains.)

DUPERRIER.

Que faites-vous?

GENEVIÈVE.

Je baigne de mes larmes la main qui m'a soutenue, protégée.

DUPERRIER, retirant sa main.

Oh! la main qui l'a faite orpheline!

GENEVIÈVE.

Oh! je prierai bien, monsieur. Je prierai pour vous, qui m'avez aimée comme une fille (A part); pour lui que j'aimerai comme un frère.

RÉMY, prenant la lettre.

A présent, à l'hôtel de Paris.

GENEVIÈVE, suivant Rémy des yeux.

Pour lui que j'ai sauvé peut-être.

ACTE II

Le théâtre représente l'intérieur de la caisse. — Un bureau, deux fauteuils, une caisse en fer, une fenêtre au fond. — Au premier plan, à gauche, une porte conduisant au dehors. A droite au deuxième plan, un escalier tournant communiquant de la caisse à l'étage supérieur. — Au premier plan, à droite, porte conduisant dans le salon, vu au premier tableau. — La caisse n'est éclairée que par les rayons de la lune qui pénètrent dans la pièce par la fenêtre restée ouverte.

SCÈNE PREMIÈRE.

UN INCONNU, enveloppé d'un manteau, le visage à demi caché par une haute cravate, s'introduit dans la caisse.

Tout le monde dort à présent dans l'hôtel. Orientons-nous... (Touchant le bureau). Ah! le bureau, la caisse doit être à droite... c'est cela... on n'aura pas, j'espère, changé les gardes de la serrure?.. Non. (Il ouvre la caisse.) Les billets de banque étaient placés autrefois sur la seconde tablette... Ah! en voilà une liasse. (Il prend un paquet de billets; à ce moment on entend la porte cochère se refermer lourdement.) Est-ce qu'on ne vient pas de fermer la grande porte de la cour? Tout le monde n'était donc pas rentré? (Écoutant.) Non... On monte ici... Le caissier, sans doute... Il ne me connaît pas; mais je ne veux pas cependant qu'il me trouve ici... (Il referme la caisse.) Impossible de se cacher dans cette pièce... Impossible à présent d'en sortir... Ah! je me souviens, il y a là un escalier conduisant à la petite chambre verte... Ce commis ne fera sans doute que passer. Dans quelques minutes je pourrai partir; mais cette fois, je ne partirai pas les mains vides. (Il gagne l'escalier dont il gravit les marches, et il disparaît au moment où Albert entre tenant à la main une bougie allumée, qui éclaire aussitôt la scène.)

SCÈNE II.

ALBERT, il ferme la porte derrière lui, va poser la lumière sur le bureau, et tombe accablé sur un fauteuil.

Le faible espoir que je pouvais garder encore s'est évanoui... Après le départ de Louise, de Louise que je ne reverrai plus, j'ai couru jusqu'à la campagne de monsieur de Rouvray, et quand, à mains jointes, je le suppliais au nom de notre amitié, il me demandait des garanties, des sûretés. Je n'en avais pas à lui donner, il a refusé... J'aurais dû le prévoir... Alors même que monsieur Vanhelt m'accorderait le délai que j'implorais de lui... je ne pourrais pas plus m'acquitter dans huit jours qu'aujourd'hui... Allons, débiteur insolvable! paye avec ta vie, puisque tu n'as pas d'autre gage à donner. Mais je dois... Je veux, avant tout, rendre compte à monsieur Duperrier de l'argent qu'il m'a confié, et j'ai besoin de calme pour remplir jusqu'au bout mon devoir. (Il se place à son bureau.) Ah! ma tête! ma tête!... Je ne sais plus, je ne me souviens plus... Ah! j'ai reçu dans la journée, de la maison Chevreul, soixante-douze mille francs, en un mandat sur la Banque... Ce mandat... le voilà. (Il le tire de son portefeuille... va ouvrir la caisse, et place le mandat sur une tablette.) Il faut maintenant inscrire cette somme sur mon livre de caisse. (Écrivant.) 22 mars 1850... (s'arrêtant), 22 mars... Il y a aujourd'hui un an, à pareille heure, que ma mère me donnait son dernier baiser... Ma mère... c'est à Varangel qu'est sa tombe... c'est à Varangel que j'irai mourir. Oui... ce sera là... Allons, allons... plus de larmes... Travaillons... travaillons (Il se met à écrire sur son livre de caisse. Pendant qu'il est tout occupé de son travail, la porte de droite s'ouvre, et Duperrier paraît. Il s'approche d'Albert, et lui met doucement la main sur l'épaule.)

SCÈNE III.

DUPERRIER, ALBERT.

DUPERRIER.

Albert!

ALBERT, se retournant.

Monsieur Duperrier!

DUPERRIER.

J'ai vu de ma chambre briller de la lumière dans votre bureau. — Il n'est plus l'heure de travailler. — Pourquoi veiller si tard?

ALBERT.

C'est que je voulais mettre tous mes comptes à jour, et vous rendre la clé de la caisse demain, avant de partir.

DUPERRIER.

Où voulez-vous donc aller?

ALBERT, avec embarras.

A... à Varangel, monsieur.

DUPERRIER.

Ah! je comprends... oui... à Varangel où vous appelle un anniversaire que je n'ai pas oublié non plus... vous avez là une pieuse pensée... oh! Elle vous aimait bien votre mère. — Elle a cruellement souffert, et méritait une autre destinée.

ALBERT.

Vous l'avez connue, monsieur?

DUPERRIER.

Oui... j'étais riche, elle était pauvre, et durant de longues années elle m'a laissé ignorer jusqu'au nom du village où elle s'était retirée avec vous... Dévouée à sa sainte tâche de mère, elle avait voulu l'accomplir à elle seule, et ce n'est qu'en se sentant mourir qu'elle vous a légué à moi.

ALBERT.

Croyez bien, monsieur, que je garde dans mon cœur le souvenir du bienveillant accueil que j'ai reçu de vous, et surtout des larmes qui tombaient de vos yeux pendant que vous lisiez la lettre que ma mère m'avait donnée pour vous; lettre écrite le jour même de sa mort.

DUPERRIER.

Et dont elle vous avait laissé ignorer le contenu?

ALBERT.

Oui, monsieur.

DUPERRIER.

Tenez, Albert, laissez là pour un moment votre travail... placez-vous près de moi et causons... (Il lui prend la main.) L'année d'épreuve à laquelle j'ai voulu vous soumettre me répond assez de l'avenir; vous êtes le digne fils de Sophie Morel. Vous avez dû voir en moi d'abord un maître sévère, exigeant... mon indulgence pour le fils qui porte mon nom avait eu de si funestes résultats! Par votre assiduité au travail, vous avez mérité un avancement rapide; plus tard pour récompenser votre zèle infatigable, votre dévouement, votre probité, je vous ai confié la garde de ma fortune... aujourd'hui, Albert, aujourd'hui, je veux faire plus... aujourd'hui je vous fais mon associé.

ALBERT.

Moi, monsieur!

DUPERRIER.

Oui, vous aurez un tiers d'intérêt dans ma maison de banque; je vous reconnaîtrai l'apport nécessaire.

ALBERT.

Ah! monsieur, tant de bonté me confond. A quel titre ai-je mérité?...

DUPERRIER.

A quel titre?.. vous allez le savoir... Oh! maintenant, je veux, je dois tout vous dire, mon enfant. (Il tire un papier de sa poche.) Reconnaissez-vous ce papier?

ALBERT.

La lettre de ma mère!

DUPERRIER.

Celle que vous m'avez apportée: lisez-la.

ALBERT, prenant le papier.

Pauvre mère, comme sa main tremblait en traçant ces lignes. (Lisant.) « Au moment de mourir, je vous envoie et je vous recommande mon fils. C'est un bon et noble cœur. La Providence prend parfois en pitié la fille coupable et abandonnée. Pour elle, la naissance d'un enfant est le pardon de Dieu... J'étais coupable, abandonnée, et je bénis Dieu qui m'a donné mon Albert. Je ne vous demande pour lui que du travail. Albert se croit le fils d'un militaire mort en combattant. » (S'arrêtant.) Eh quoi! je ne suis pas le fils d'un soldat! Ce nom de Morel!...

DUPERRIER.

Était le nom de votre mère...

ALBERT.

Oh! oui! c'est juste... L'homme qui a trompé, abandonné la pauvre femme, a aussi abandonné, renié son fils.

DUPERRIER.

Et vous maudissez cet homme?

ALBERT.

Moi, monsieur... (Baisant la lettre avec des sanglots.) Moi, je bénis ma mère.

DUPERRIER.

Oh! elle a été vengée! Le coupable a bien souvent pleuré sa faute... il la pleure encore.

ALBERT.

Il existe donc?

DUPERRIER.

Ébloui par un riche mariage, il a foulé aux pieds les serments les plus saints, les devoirs les plus sacrés. La femme, qui à défaut de bonheur lui avait apporté la fortune, est morte jeune, lui laissant un fils. Ce fils a été une expiation, un châtiment... Pendant que Sophie Morel, la pauvre abandonnée, bénissait son enfant... moi... je maudissais, je chassais le mien.

ALBERT.

Mon Dieu!

DUPERRIER.

J'étais seul au monde, dévoré de chagrins et de remords, quand tu entras ici, il y a un an, m'apportant cette lettre, cette lettre qui m'apprenait que j'avais encore un enfant à aimer.

ALBERT.

Moi... moi... votre fils...

DUPERRIER, le pressant sur son cœur.

Oui... tu es mon fils... je ne puis te donner ce titre publiquement... je te le donne devant Dieu. Je te le donnerai sur la tombe de ta mère... tu me consoleras.... Autant que je le pourrai, je te ferai l'égal de l'enfant indigne que j'ai chassé... Quant à ta part dans ma succession... cette part, mon ami, tu ne la devras qu'à toi-même par ton travail, et quand je t'aurai fait indépendant, honoré, heureux, ta mère et Dieu me pardonneront peut-être?

ALBERT.

Monsieur... mon père. Oh! ne craignez pas que je trahisse jamais un secret que vous devez garder pour le monde, pour votre fils!... votre fils!... Oh! quand nous serons seuls... vous me le donnerez, ce titre dont je me croyais à jamais déshérité. (Revenant à lui-même.) Mais ce titre, en suis-je digne à présent?

DUPERRIER.

Te l'aurais-je donné, si j'avais encore pu douter de toi?

ALBERT, à part.

Mon Dieu! comment lui avouer... (A ce moment on frappe à la porte de gauche, et Rémy entre.)

SCÈNE IV.

LES MÊMES, RÉMY.

RÉMY.

Pardon, monsieur Morel, je vous croyais seul.

ALBERT.

Que me voulez-vous?

RÉMY.

Voyant enfin de la lumière chez vous, je vous rapportais la réponse que vous savez.

DUPERRIER.

Qu'avez-vous? parlez, parlez donc.

RÉMY, embarrassé par la présence de Duperrier.

C'est que...

ALBERT.

Parlez, puisque monsieur vous l'ordonne.

RÉMY, à Albert.

Oh! si ça convient à monsieur que je dise la chose, la voilà... Quand j'ai remis votre lettre à l'étranger de l'hôtel de Paris, il m'a dit : Oh! oh! M. Morel paye donc sans compter? Il n'a perdu contre moi que trente-deux mille francs...

DUPERRIER.

Perdu?

RÉMY.

Au lansquenet, et il m'en envoie trente-trois mille.... Je ne prends que ce que j'ai gagné; portez-lui ma quittance et ce billet... Quittance et billet, il a tout mis dans l'enveloppe de votre lettre.

ALBERT.

Que dit-il?

DUPERRIER.

Et cette enveloppe?

RÉMY.

La voilà, monsieur.

DUPERRIER, à part.

Joueur, c'est un joueur, lui aussi!

ALBERT.

Mais Rémy, vous savez bien que je ne vous ai pas donné d'argent.

RÉMY.

Dame; monsieur, je ne sais pas ce qu'il y avait dans l'enveloppe.

ALBERT.

Mais...

DUPERRIER.

Assez! assez! sortez.

RÉMY, à part.

Je ne voulais rien dire, moi. (Il sort).

ALBERT.

Je rêve.

DUPERRIER, se retournant vers Albert.

Rendez-moi vos comptes, monsieur.

ALBERT, surpris.

Mes comptes...

DUPERRIER.

Sans doute... où est votre livre de caisse?

ALBERT.

Le voilà, monsieur!

DUPERRIER, regardant toujours Albert.

Vous avez... vous devez avoir... je ne sais plus...

ALBERT.

Cent quatre-vingt-deux mille francs.

DUPERRIER, même jeu.

Oui, c'est cela.

ALBERT.

Soixante-douze mille francs en un mandat sur la maison Chevreul, cent mille francs en billets de banque, le reste en or, en argent, et tout est là dans ma caisse.

DUPERRIER, même jeu.

Vous en êtes bien sûr?

ALBERT, surpris.

Oui, monsieur. (Comprenant le regard de Duperrier.) Ah! il me soupçonne, lui, lui! (Courant à la caisse.) Tenez, monsieur, il y a là dix-huit mille francs en or et deux mille francs en argent. (Il les lui montre sur les tablettes.) Voilà les mandats sur la maison Chevreul, voilà les billets de banque, voilà tout, tout. (Comptant les billets.) Dix, vingt, quarante, cinquante, soixante. (Il s'arrête.) Oh! mon Dieu!

DUPERRIER.

Quoi donc?

ALBERT.

Il me manque quarante mille francs.

DUPERRIER, avec effort.

Cherchez bien.

ALBERT, qui a examiné la caisse et les tiroirs du bureau.

Rien, rien, les cent mille francs étaient là tantôt. J'en suis sûr.

DUPERRIER, se levant.

C'est qu'alors vous n'aviez pas payé votre dette de jeu.

ALBERT, vivement.

Moi, je n'ai pas payé?

DUPERRIER.

Vous n'avez pas payé.

ALBERT.

Non, monsieur!

DUPERRIER.

Voilà le reçu de votre adversaire, il vous l'envoie dans l'enveloppe qui renfermait les trente-trois mille francs en billets... Voyez l'adresse mise sur cette enveloppe, est bien de votre écriture.

ALBERT.

C'est vrai; pourtant, monsieur, je vous jure...

DUPERRIER.

Oh! assez, monsieur, assez de mensonges et d'hypocrisie..... Cet argent, je sais maintenant où vous l'avez pris... malheureux!..... Vous me trompiez!..... vous me voliez!.....

ALBERT.

Moi!..... moi!....

DUPERRIER.

Démentez donc cette preuve?...

ALBERT.

Oh! tout cela est un horrible rêve... Je suis fou, n'est-ce pas?... je suis fou!... (Regardant l'enveloppe que lui présente Duperrier.) Non... non... tout est réel... On m'accuse, moi... Oui, monsieur, j'ai joué... Oui, j'ai perdu... mais plutôt que de détourner un centime de votre caisse, je serais mort, monsieur, je serais mort!

DUPERRIER.

Mais ce faux désespoir, ces larmes feintes, sont lâches et infâmes... Voyons!... voyons!..... je pourrai pardonner un moment d'entraînement, un éclair de folie... je pourrai pardonner au repentir..... Voyons, avouez votre faute, votre crime.... par respect pour la mémoire de votre mère, je vous pardonnerai... Mais avouez... avouez... Avouez donc, malheureux!

ALBERT.

Qu'est-ce que vous me demandez?... Je vous le répète... j'ai joué..... j'ai perdu... voilà ma faute, voilà mon crime... Ceux-là, je les reconnais... mais avouer un vol... dont la pensée ne pouvait pas me venir... à moi... qui tout à l'heure voulais me tuer devant cette caisse pleine..... à moi qui voulais mourir pour rester honnête homme?... je vous aurais volé! vous!... vous... Oui, (montrant l'enveloppe) les apparences me condamnent, oui, vous avez là, dans les mains, une preuve qui me confond et m'accable, mais, malgré ces apparences, malgré cette preuve, en face de vous, monsieur, sur la mémoire de ma mère... je vous le dis, je vous le jure, je ne suis pas un infâme... je ne suis pas un voleur!

DUPERRIER, brûlant la lettre.

Vous oublierez, monsieur, ce que je vous ai si fatalement appris tout à l'heure. Je ne m'en souviens plus. (Montrant le papier qui brûle.) Cette lettre de votre mère, vous le voyez..... il n'en reste plus de traces..... Vous n'êtes à présent pour moi qu'un commis infidèle dont j'ai pitié... je tairai votre faute... mais je vous chasse. (Il va pour sortir. Albert s'attache à lui.) Je vous chasse.

ALBERT, avec désespoir et se traînant aux genoux de Duperrier.

Ah! vous ne me quitterez pas ainsi... Je n'ai pas volé, je n'ai pas volé! Par pitié, monsieur! par grâce! mon père!...

DUPERRIER, le regardant avec indignation.

Malheureux! tu me rappelles que j'ai le droit de te maudire.

(Duperrier sort. Albert, violemment repoussé, est allé tomber près du bureau. Il a entraîné dans sa chute l'unique bougie qui éclairait la scène. La lune seule jette encore quelque clarté dans la chambre.)

SCÈNE V.

ALBERT, L'INCONNU. L'Inconnu, après un temps écoulé, paraît au haut de l'escalier et descend doucement les marches.

L'INCONNU.

Enfin!..... la lumière a disparu..... il n'y a plus personne, je puis partir.

ALBERT, l'apercevant.

Un homme! un homme ici! (Il court vers lui.)

L'INCONNU.

Quelqu'un... Je suis perdu... (Il le repousse violemment et disparaît par la fenêtre.)

ALBERT, d'une voix étouffée.

Au secours! au voleur!.. au voleur!.. (Il tombe.)

ACTE III

A NISMES.

(Un atelier de peinture. Salle fermée au fond par un large vitrage qui laisse voir une partie de la ville. Sur le devant, un chevalet portant une toile recouverte d'une serge verte. L'atelier est orné de statuettes et de dessins divers. A droite, en face de la cheminée, est une jardinière. Une porte au fond. Deux portes latérales.

SCÈNE PREMIÈRE.

SUZANNE, puis LOUISE.

SUZANNE.

La lampe s'est éteinte faute d'huile, je l'avais remplie hier au soir, il faut donc que monsieur Albert ait travaillé toute la nuit à dessiner, comme si ce n'était pas assez de passer la journée entière à peindre?... Voyons donc où en est son tableau. (Elle va soulever la serge qui recouvre le tableau. Louise entre.) Ah! c'est vous, mademoiselle?

LOUISE.

Oui, j'apporte des fleurs pour la jardinière de monsieur Albert; il n'est pas à son atelier?

SUZANNE.

Non, mademoiselle, il était tout pâle quand il est sorti. Il ne m'a pas même vue quoiqu'il soit passé auprès de moi. Je suis sûre qu'il est encore resté toute la nuit sur pied...

LOUISE.

Tu crois... je le ferai gronder par le docteur Darcy.

SUZANNE.

Il ne vous écoute donc pas, mademoiselle?

LOUISE.

Moi?...

SUZANNE.

Dame! vous lui avez sauvé la vie?

LOUISE.

Geneviève a fait plus que moi.

SUZANNE.

Oh! que non.

LOUISE.

Nous nous étions arrêtés, mon père, Geneviève et moi dans un village à quelques lieues de Nîmes, c'était là que l'oncle de Geneviève devait venir la prendre, et comme il n'était pas encore arrivé, mon père décida que nous y passerions un jour ou deux à l'attendre. Le soir, nous allions nous séparer, lorsqu'on apporta à l'hôtel un jeune homme qu'on avait trouvé évanoui, mourant, près d'une tombe dans le cimetière du village... On se mit en quête d'un médecin, il s'en trouvait un dans l'hôtel même, c'était le docteur Darcy que des affaires appelaient à Lyon. Il examina le jeune homme et nous dit pour nous rassurer qu'il répondait du malade bien qu'il eût essayé de s'empoisonner... Pour prévenir la famille de ce malheureux, le docteur avait dû s'informer de son nom, de sa demeure... Il avait récemment quitté Lyon et s'appelait Albert... A ce nom, je pâlis, je sentis mes jambes chanceler, j'allais tomber inanimée... (Changeant de ton.) Tu sais, je connaissais monsieur Albert...

SUZANNE, souriant.

Oui, mademoiselle, oui.

LOUISE.

Pendant ce temps, elle, Geneviève, était déjà au chevet du malade, lui prodiguant ses soins... Depuis, nous avons obtenu de son oncle et de mon père que notre voyage fût différé jusqu'à ce que monsieur Albert fût tout à fait hors de danger. Nous l'avons veillé l'une et l'autre; mais j'étais si émue, si tremblante, chaque fois que je m'approchais de ce lit de douleur, mon âme était en proie à de si cruelles angoisses... lorsque je le voyais souffrir, que je ne savais plus que pleurer et prier, tandis que Geneviève, toujours calme, toujours maîtresse d'elle-même...

SUZANNE, avec intention.

Parce qu'elle ne le connaissait pas comme vous, elle...

LOUISE.

Geneviève suivait mieux que moi les prescriptions du docteur, et tu vois que c'est à elle bien plus qu'à moi, que monsieur Albert doit d'être sauvé.

SUZANNE.

Excusez, mademoiselle, mais j'ai mes idées là-dessus...

LOUISE.

Tes idées?...

SUZANNE.

Oui, vous ne saviez guère soigner le pauvre malade, c'est possible... mais je crois que vos larmes lui faisaient plus de bien que les meilleures ordonnances du docteur...

LOUISE, troublée.

Ah! mais il faut que j'écrive à Geneviève, je lui ai promis, lorsqu'elle nous a quittés, de lui donner des nouvelles d'Albert, il y a quinze jours que nous sommes arrivés à Nîmes et je n'ai pas encore rempli ma promesse. Vite, donne-moi ce qu'il faut pour écrire?...

SUZANNE, près d'un petit bureau.

Voilà, mademoiselle.

LOUISE, assise et écrivant.

« Ma bonne Geneviève. (Geneviève paraît à la porte du fond.) Ma » bonne Geneviève, je commence en vous embrassant comme » je vous aime...

SCÈNE II.

LES MÊMES, GENEVIÈVE.

GENEVIÈVE, qui s'est approchée doucement.

Et je vous aime, moi, comme je vous embrasse. (Elle l'embrasse avec effusion.)

SUZANNE.

Ah! c'est de tout cœur, ça...

LOUISE.

Geneviève!

GENEVIÈVE.

Je ne recevais pas de nouvelles assez vite... je suis venue les chercher.

LOUISE, montrant la lettre.

Vous voyez...

SUZANNE.

Nous vous écrivions, mademoiselle.

GENEVIÈVE.

Comment va-t-il?

LOUISE.

Bien.

SUZANNE.

Tout à fait bien.

LOUISE.

Il est encore un peu faible.

SUZANNE.

Encore un peu triste.

LOUISE.

Il se fatigue trop...

SUZANNE.

Il passe les nuits à travailler.

LOUISE et SUZANNE.

Il a encore passé celle-ci!..

SUZANNE.

Ah! pardon, mesdemoiselles, je suis inconvenante, je vais à mon ouvrage.

LOUISE.

Non, reste.

GENEVIÈVE.

Restez, Suzanne... vous l'avez soigné aussi.

LOUISE.

Et tu as bien le droit de parler de lui, reste...

SUZANNE.

Vous êtes bonnes, mesdemoiselles, de me permettre de causer

avec vous, mais bah! vous avez raison : chez les femmes, il n'y a de différent que l'esprit, c'est toujours le même cœur pour ceux qui souffrent. Laissez-moi être femme avec vous pour un petit instant, ça ne m'empêchera pas de redevenir votre servante tout à l'heure.

GENEVIÈVE.

Vous disiez donc?

LOUISE.

Revenu à la vie, presque à la santé, monsieur Albert nous a avoué qu'il était sorti sans ressources de la maison de monsieur Duperrier; désespérant du présent et de l'avenir, il avait voulu mourir, et il était venu s'agenouiller, une dernière fois, près du tombeau de sa mère.

GENEVIÈVE.

Dans ce village où Dieu a permis que nous nous arrêtions cette nuit-là.

LOUISE.

Il nous avait promis de ne plus attenter à sa vie.

GENEVIÈVE.

De ne plus douter de la bonté du ciel.

SUZANNE.

Il l'a juré à ses deux anges gardiens, disait-il.

LOUISE.

Mon père lui a proposé de s'établir ici, dans ce pavillon qui dépend de notre habitation, et d'y reprendre ses études de peintre.

GENEVIÈVE.

C'était bien.

SUZANNE.

Et puis le docteur, qui demeure à deux pas, peut le voir tous les jours.

GENEVIÈVE.

Et il assure que tout danger a cessé?

LOUISE.

Oui.

GENEVIÈVE.

C'est qu'il m'avait bien effrayé, monsieur Darcy; il disait que le poison avait causé de si cruels ravages, qu'il tremblerait longtemps encore pour la vue ou la raison d'Albert.

SUZANNE.

Oh! sa raison, j'en réponds.

LOUISE.

Et ses yeux sont excellents; voyez plutôt tout ce qu'il a fait depuis qu'il est ici. (Elle lui montre des dessins et des esquisses.)

GENEVIÈVE.

Oui, tout cela est très-beau. (s'animant.) Il me semble qu'il a beaucoup de talent.

LOUISE, lui prenant la main.

N'est-ce pas, ma bonne Geneviève?

SUZANNE.

Ah! je crois bien! qu'on me trouve donc un peintre comme le nôtre; et ce n'est pas tout, vous ne montrez pas le plus beau, mademoiselle.

GENEVIÈVE.

Quoi donc?

SUZANNE.

Et notre sainte Cécile! (Elle enlève la toile qui couvre le tableau.)

LOUISE.

Suzanne!

GENEVIÈVE.

Sainte Cécile. — Comme elle vous ressemble, Louise.

LOUISE, vivement.

Je n'ai jamais posé.

GENEVIÈVE.

Oh! j'en étais sûre.

LOUISE.

Comment?

GENEVIÈVE.

Si vous aviez posé, s'il vous eût eue là, devant lui, sa pensée eût été moins nette, son regard moins assuré, et sa main moins ferme. — Si vous aviez posé, Louise, ce serait moins ressemblant.

LOUISE, baissant les yeux.

Vous croyez...

GENEVIÈVE.

Je ne crois pas, je sais.

LOUISE.

Comment?

GENEVIÈVE.

Son secret s'est trahi vingt fois dans le délire de la fièvre; vingt fois en pressant ma main dans sa main tremblante, il m'appelait d'un nom qui n'est pas le mien; Louise, ce nom, faut-il que je vous le redise?

LOUISE, confuse.

A moi?

SUZANNE, après un moment de silence.

Je retourne à mon ouvrage, mesdemoiselles. (Bas à Geneviève.) Vous allez lui apprendre ce qu'elle sait d'avance, mais dites-le-lui tout de même, ça lui fera plaisir. (Elle sort.)

SCÈNE III.

GENEVIÈVE, LOUISE.

LOUISE.

Il vous a donc avoué...

GENEVIÈVE.

Lorsque le délire le quittait, lorsqu'il me voyait agenouillée près de lui, bien des fois notre malade m'a dit: Priez tout haut, ma petite Geneviève, je répéterai avec vous... nous prierons ensemble, moi, je lui obéissais, et il redisait mes paroles; seulement, quand j'en venais au nom du malade pour qui j'implorais le ciel, lui en substituait un autre qu'il murmurait si bas, si bas qu'il n'arrivait pas jusqu'à mon oreille, mais je l'entendais au fond de mon cœur.

LOUISE, l'embrassant.

Geneviève, vous êtes ma meilleure amie, ma sœur...

GENEVIÈVE.

Vous l'aimez donc?

LOUISE.

Avant que le malheur vînt le frapper, j'avais deviné que monsieur Albert m'aimait...

GENEVIÈVE.

Et depuis, Louise?

LOUISE.

Depuis... C'est ce malheur même qui m'a appris que je l'aimais aussi.

GENEVIÈVE, chancelant, et mettant la main sur son cœur.

Ah!

LOUISE.

Qu'avez-vous donc?

GENEVIÈVE.

Je suis heureuse... bien heureuse de vous entendre parler ainsi... Car vous êtes, vous et lui, ce que j'aime le mieux... Non, tout ce que j'aime dans le monde. Et la pensée de votre bonheur est une consolation pour moi, au moment de vous dire un éternel adieu.

LOUISE.

Un éternel adieu...

GENEVIÈVE.

Vous savez que je suis orpheline; je n'ai pas trouvé dans ce parent qui m'a recueillie l'affection que j'ai perdue, et j'ai pris le parti d'entrer dans un couvent?

LOUISE.

Un couvent?

GENEVIÈVE.

Je serai sœur de la charité; et puisque je ne puis faire le bonheur de... personne, je tâcherai du moins d'alléger les souffrances de quelques-uns.

LOUISE.

Ah! cette décision n'est pas irrévocable?

GENEVIÈVE.

Irrévocable! Louise.

SCÈNE IV.

LES MÊMES, DARCY, tenue irréprochable, habillement de bon goût; l'épaule gauche beaucoup plus forte que l'épaule droite.

DARCY.

Irrévocable! qui est-ce qui a dit ce gros mot-là?

LOUISE.

C'est elle, docteur.

DARCY.

Mademoiselle Geneviève? mon enfant, j'ai trente-cinq ans passés et je n'ai encore trouvé dans ce monde qu'une seule chose qui fût irrévocable.

GENEVIÈVE.

Et laquelle, docteur?

DARCY.

C'est ma bosse.

LOUISE.

Votre...

DARCY.

Eh bien, oui, ma bosse; est-ce que vous croyez que je ne me suis pas aperçu qu'elle était là, depuis trente-cinq ans que je la porte? j'ai beau faire parfois des songes d'Adonis, j'ai beau rêver toutes les nuits que je la vois qui prend deux petites ailes et qui s'envole en chantant comme pour me dire un adieu, que je lui rends de bon cœur, j'ai beau respirer à pleine poitrine en m'écriant, je suis droit, je suis beau! je me réveille, hélas! ma main se porte en tremblant à mon épaule, l'illusion s'évanouit, et la réalité que je palpe, tressaille sous ma main, comme pour me dire, en se moquant de moi : Bonjour, bossu.

LOUISE.

Monsieur Darcy, vous êtes un grand philosophe.

DARCY.

Non, mademoiselle, si je ne riais pas de ma bosse, les autres en riraient; j'aime mieux que l'initiative vienne de moi. Mais tout cela ne me dit pas l'irrévocable projet de mademoiselle Geneviève?

GENEVIÈVE.

Mon projet?

LOUISE.

Elle veut entrer au couvent.

DARCY.

Au couvent, à votre âge! comment, vous êtes jeune, vous êtes belle, et vous prétendez... allons donc, au couvent! si vous étiez bossue, à la bonne heure.

GENEVIÈVE.

Est-ce qu'il n'y a pas d'autre chagrin que celui-là?

DARCY.

Ce n'est pas un chagrin, je ris toujours, moi.

GENEVIÈVE.

D'autres malheurs?

DARCY.

Ce n'est pas un malheur, je ne me plains pas plus qu'on ne me plaint... Seulement cela m'a un peu contrarié au commencement de ma carrière, j'étais un bon garçon, un peu naïf, un peu bête, le monde voulut absolument me trouver spirituel et méchant comme tous les... Quand je disais une bêtise on se mettait à rire en disant : Comme il a de l'esprit ce bossu-là! Quand je plaignais quelqu'un, on prenait cela pour de l'ironie, et on se disait : Comme il est méchant!.. Quand je voulais secourir ceux qui souffraient, ce qui m'était bien facile, puisque j'ai cent cinquante mille livres de rentes, on se méfiait de mes bienfaits, comme s'ils cachaient un piége, on s'éloignait de moi comme d'un animal dangereux : vous comprenez à quel point cela m'exaspérait; car enfin, je ne pouvais pas garder, inutiles et sans fruits, les cent cinquante mille francs par an que m'avait jetés le hasard. Aussi j'ai pris un grand parti et je me suis fait médecin; je me suis dit : Si les malheureux s'éloignent de moi, les malades n'en feront pas autant, ils sont dans leur lit, ils ne pourront pas se sauver.

LOUISE.

Vous avez un excellent cœur, monsieur Darcy.

DARCY.

Vous croyez?

GENEVIÈVE.

Oui, monsieur, oui..,

DARCY, leur prenant la main.

Vous avez peut-être raison, mesdemoiselles, mais dans tous les cas, convenez que ce pauvre cœur là est diablement mal logé.

LOUISE.

Vous plaisantez toujours.

DARCY.

Vaudrait-il mieux vous attrister? non pas! et pour en revenir à notre petite recluse, je veux qu'elle me promette d'attendre un peu avant de réaliser son irrévocable projet.

GENEVIÈVE.

Attendre... à quoi bon?

DARCY.

Qui sait? ma petite garde malade... (Bas.) Je me connais en affections de toutes sortes, et j'ai opéré bien des cures que l'on croyait impossibles.

GENEVIÈVE.

Je ne vous comprends pas.

DARCY, bas.

Et moi je vous ai devinée.

GENEVIÈVE, troublée.

Vous?

DARCY, bas.

Attendez encore.

ROUSSEAU, entrant.

Monsieur Darcy, on m'a dit que vous veniez d'arriver et je me hâte... Bonjour, Geneviève...

GENEVIÈVE.

Bonjour, monsieur.

DARCY.

J'allais me rendre chez vous, monsieur Rousseau, j'ai une communication importante à vous faire.

LOUISE.

Nous vous laissons, messieurs.

DARCY, saluant.

Mesdemoiselles. (Louise et Geneviève sortent.)

SCÈNE V.

ROUSSEAU, DARCY.

ROUSSEAU.

Nous voilà seuls, docteur.

DARCY.

Monsieur, il s'agit, comme je vous le disais, d'une importante affaire. J'arrive droit au but. Un jeune homme de cette ville, un peu de mes amis, un beau garçon, lui, très-spirituel, quoique très-droit, d'une ancienne famille, et qui porte un beau nom, a remarqué mademoiselle votre fille.

ROUSSEAU.

Ma fille!

DARCY.

Mon jeune homme est vicomte, mais il a plus de parchemins que de billets de banque; il connaît votre grande honorabilité, et je ne vous le cache pas, votre grande fortune, il serait bien aise de redorer son blason, et...

ROUSSEAU.

Et il me demande la main de ma fille?

DARCY.

Précisément.

ROUSSEAU.

Je n'ai que quelques mots à vous répondre, monsieur, je suis ruiné.

DARCY.

Ruiné!

ROUSSEAU.

Hélas! oui; victime d'une friponnerie, je n'ai pas cru devoir crier au vol, et j'ai pris le parti de me retirer du monde. La vente de mon étude m'a suffi pour remplir honorablement tous mes engagements, il ne nous reste que cette maison et son faible revenu, qui suffira, je l'espère, à l'existence modeste que nous menons, existence à laquelle je m'accuse chaque jour d'avoir condamné mon enfant.

DARCY.

Et mademoiselle Louise connaît votre ruine?

ROUSSEAU.

Je n'ai pas eu le courage de la lui apprendre ; mais que lui dirai-je lorsqu'il se présentera un parti semblable à celui que vous venez de m'offrir, que ferai-je, si quelque jour la gêne, la misère vient frapper à notre porte?

DARCY.

Eh bien, n'ouvrez pas, et mariez mademoiselle Louise à un homme moins beau, moins noble, mais plus riche.

ROUSSEAU.

Où trouver un mari qui n'exige pas une dot égale à sa fortune?

DARCY.

Où? mais parbleu, partout. Et... (Après un long temps.) mademoiselle Louise aime-t-elle quelqu'un?

ROUSSEAU.

Personne.

DARCY.

Croyez-vous que, pour être heureuse, une femme ait absolument besoin d'adorer son mari?

ROUSSEAU.

Mais.....

DARCY.

Je ne le crois pas, moi, et si vous voulez... je... j'ai un autre parti à vous proposer.

ROUSSEAU.

Un autre, déjà?

DARCY.

Déjà..... oui, tout de suite. Un homme qui ne demandera pas de dot, un futur qui a cent cinquante mille francs de rente, un bon cœur, un beau nom, mais un vilain physique.

ROUSSEAU.

Comment..... vous!

DARCY.

Juste! avouez que ce n'est pas au bon cœur que vous m'avez reconnu.

ROUSSEAU.

Pardon je... Croyez que je suis flatté...

DARCY.

Pas de phrases banales, je les connais toutes, je sais mon affaire, allez... Comme amoureux, de dos et de profil je suis absurde, mais de face, je ferai peut-être un mari... non, dites-lui plutôt un ami présentable; je ne tiens pas à ce qu'elle m'aime, je tiens seulement à ce qu'elle n'en aime pas un autre; je ne lui demande que la permission de la rendre riche... si elle y consent, et heureuse... si ça m'est possible.

ROUSSEAU.

Monsieur Darcy, j'ai perdu la fortune de ma fille, je n'ai pas le droit de disposer d'elle contre son aveu, permettez-moi donc de la consulter, de lui dire l'offre que vous voulez bien nous faire, et j'y vais de ce pas.

DARCY.

Soit, mais sans me nommer, sans me nommer d'abord, ça l'effrayerait trop; vous me le promettez?

ROUSSEAU.

Je vous le promets; je lui parlerai seulement d'un prétendant très-désintéressé qui a... un beau nom..... une belle fortune...

DARCY.

Et un vilain physique... c'est très-important.

ROUSSEAU.

Au revoir monsieur Darcy.

DARCY.

Au revoir, mon cher monsieur Rousseau. (Rousseau sort.)

SCÈNE VI.

DARCY, seul.

S'il allait réussir! Si le cœur de mademoiselle Louise était libre, et qu'elle voulût bien accepter ma fortune avec moi par-dessus le marché! qui sait? elle finirait peut-être par s'apercevoir que le dedans vaut mieux que l'enveloppe, qu'une bonne âme peut remplacer une jolie taille, et alors peut-être qu'elle s'attacherait à moi, qu'elle m'estimerait beaucoup, qu'elle m'aimerait un peu, et je me trouverais un jour avoir une femme à moi, une famille à moi. Je me verrais entouré plus tard d'une foule de petits..... d'une foule de petits bossus..... Malheureux!... elle serait idiote si elle acceptait... Elle refusera. Où diable vais-je songer à l'amour!... L'amour est fait pour ces enfants jeunes et beaux, pour Albert et la petite Geneviève qui l'adore... Allons, allons, si, comme c'est probable, je n'arrange pas mon mariage, je vais tâcher d'arranger celui de ces deux jeunes gens. Ils m'intéressent, lui, surtout, qui s'est bravement mis au travail... Le travail d'un peintre, cela ne rapporte guère... je prendrai mes petits arrangements avec Verdelet, mon marchand de tableaux, qui achètera pour mon compte la collection des œuvres d'Albert, mais en attendant..... il doit avoir besoin d'argent... Comment pourrais-je lui offrir? Justement le voilà... Je vais essayer.

SCÈNE VII.

DARCY, ALBERT.

ALBERT.

Monsieur Darcy!

DARCY.

Moi-même, mon cher malade.

ALBERT.

Je sors de chez vous, monsieur.

DARCY.

De chez moi? vous savez bien que j'ai l'habitude de venir vous visiter tous les jours.

ALBERT.

Oui, mais aujourd'hui.....

DARCY.

Aujourd'hui?.....

ALBERT, à part.

Je ne sais que lui dire, il faut pourtant que je m'acquitte. Comment lui faire accepter, pour ses soins, ces quelques louis que je viens de recevoir?

DARCY.

Vous paraissez tout préoccupé. (A part.) Il a peut-être besoin d'argent... pauvre jeune homme! ce serait bien l'occasion de lui faire accepter...

ALBERT.

Ce n'est pas de la préoccupation, docteur, c'est de l'embarras que j'éprouve.

DARCY.

Vraiment?... Eh bien, moi aussi...

ALBERT.

C'est une petite question d'argent qui m'embarrasse.

DARCY.

D'argent!..... c'est comme moi..... je crois que nous allons nous entendre.

ALBERT.

J'ai porté ce matin une esquisse à monsieur Verdelet, marchand de tableaux.

DARCY, à part.

Chez mon homme, bon. (Haut.) Je ne connais pas.

ALBERT.

Il m'en a donné trois louis...

DARCY.

Trois louis!... (A part.) L'imbécile! je le verrai.

ALBERT.

C'est bien peu, mais... (Il regarde Darcy et hésite.) Je voudrais.....

DARCY.

Eh bien, j'ai fait justement ma recette ce matin aussi : une vieille folle, qui prétend que je lui ai sauvé la vie, m'a forcé d'accepter un billet de mille francs... Je suis riche, moi, je n'ai pas besoin de cet argent-là, et..... (Il regarde Albert et hésite...) Je voudrais...

ALBERT, lui tendant les trois louis.

Docteur, permettez-moi de vous offrir...

DARCY, parlant en même temps et lui offrant le billet de mille francs.

Mon ami, permettez-moi de vous prêter...

ALBERT.

Comment, docteur, vous me proposez de l'argent, à moi, de l'argent?

DARCY.

Vous m'en proposez bien, vous.

ALBERT.

C'est différent, moi, c'est un devoir que je remplis, et vous ne pouvez pas m'empêcher de m'acquitter.

DARCY.

Eh bien, moi, c'est un plaisir que je me donne, et c'est d'un mauvais cœur de m'en priver.

ALBERT.

Je vous dois cet argent et je veux...

DARCY.

Et moi, je n'en veux pas, j'en ai trop; tenez, ne nous querellons pas, j'ai une idée qui va arranger tout cela. Nous nous aimons, nous nous estimons l'un et l'autre, n'est-ce pas?

ALBERT.

Oui, docteur.

DARCY.

Eh bien, faisons-nous chacun une concession... j'accepte votre argent.

ALBERT, joyeux.

A la bonne heure!

DARCY.

A condition que vous accepterez le mien.

ALBERT.

Jamais!

DARCY, avec colère.

Jamais! vous êtes un orgueilleux, monsieur; j'ai tort de vous aimer, et elle aussi.

ALBERT.

Elle!... et de qui parlez-vous, docteur?

DARCY, même jeu.

Cela ne vous regarde pas...

ALBERT.

Mon ami, parlez, je vous en conjure, vous qui êtes si bon!

DARCY.

Oui, flattez-moi, je suis bon! je suis beau, même, n'est-ce pas? Eh bien, oui, on vous aime, on ne me l'a pas dit; mais je l'ai deviné, cette enfant-là vous adore.

ALBERT.

Oh! ne me dites pas cela, docteur... après cette joie immense, une déception me rendrait fou, me tuerait.

DARCY.

Qu'est-ce qu'il dit! mais il pâlit, il chancelle... mon ami... Albert, voyons, soyez calme, soyez homme!

ALBERT.

Oui, oui, vous avez raison... je... le sang vient de se précipiter avec tant de force vers ma tête, que... c'est singulier... (Se passant la main sur les yeux.) Un instant, j'ai cessé de vous voir.

DARCY.

Ah!... (D'un air inquiet.) Est-ce que vous éprouvez souvent cette sorte d'éblouissement, de vertige?

ALBERT.

Jamais... c'est la première fois! ça va tout à fait bien... Silence, docteur, la voilà!...

DARCY.

Oui, c'est elle avec son amie.

SCÈNE VIII.

LES MÊMES, GENEVIÈVE et LOUISE.

LOUISE.

Monsieur Albert, nous venons vous annoncer deux grandes nouvelles.

ALBERT.

A moi, mesdemoiselles?

GENEVIÈVE.

N'êtes-vous pas notre ami?

ALBERT.

Oui, certes.

LOUISE.

La première, c'est que Geneviève a pris une résolution qui la séparera de nous pour toujours.

DARCY, vivement.

Oh! c'est-à-dire... (Bas à Albert.) Calmez-vous, il n'y a rien de décidé.

ALBERT, avec calme.

Comment, Geneviève?

GENEVIÈVE.

J'entre dans un couvent.

ALBERT, étonné.

Au couvent?

DARCY, lui serrant la main sans être vu.

Pas d'émotions violentes... (Le regardant.) Elle n'y entrera pas. (A part.) Tiens!

ALBERT, avec intérêt, mais toujours avec calme.

Vous, au couvent?

DARCY, à part.

Mais il n'a pas du tout d'émotion... c'est concentré, c'est en dedans.

GENEVIÈVE.

Je suis sans famille, monsieur Albert, j'ai fait, vous le savez, mon apprentissage de sœur de la Charité. (Souriant.) Trouvez-vous que je puisse en remplir l'emploi?

ALBERT.

Je crois, Geneviève, que vous auriez pu devenir une femme aimée, une bonne mère de famille.

DARCY, à part.

Ça ne le bouleverse pas plus que cela? mais il est donc de fer, ce garçon-là?

LOUISE.

La seconde nouvelle dont nous venons vous faire part m'est personnelle.

ALBERT.

A vous, mademoiselle?

LOUISE.

Il s'agit d'un mariage.

ALBERT, vivement.

D'un mariage!

DARCY, à part.

Son père lui a parlé.

ALBERT, très-ému.

D'un mariage pour vous?

DARCY.

Qu'est-ce qu'il a donc?

ALBERT, tremblant.

Et vous avez accepté?

DARCY.

Comme il est tremblant!

LOUISE.

J'ai voulu d'abord consulter mes amis, Geneviève, M. le docteur.

DARCY.

Moi!

LOUISE, tremblante.

Et... et vous-même, monsieur Albert.

DARCY, à part.

Comme elle est émue! comme ils se regardent tous les deux!...

ALBERT, à part.

Se marier, elle?

DARCY, à part.

J'y suis, je croyais que c'était... (Il montre Geneviève.) tandis que c'est... (Il montre Louise.) Allons, j'ai eu une bonne idée de la demander en mariage...

LOUISE.

Vous ne répondez pas?

ALBERT, avec amertume.

Quel conseil pourrais-je vous donner? cet homme qui prétend à votre main, je ne le connais pas; mais, puisqu'on vous l'offre, mademoiselle, sans doute il a le cœur noble, l'âme élevée, puisqu'il se croit digne de vous, il doit être riche.

DARCY.

Oui.

ALBERT.

Jeune.

DARCY.

Oui.

ALBERT.

Beau.

DARCY.

Non, non.

LOUISE.

Il s'agit, m'a dit mon père, d'un homme jeune encore, il a trente-cinq ans.

DARCY, à part.

Et demi.

LOUISE.

Il a cent cinquante mille livres de rente...

ALBERT, chancelant.

Jeune, riche!

LOUISE.

Un beau nom?

DARCY, allant à Albert qu'il soutient.

Et... (avec force) et un vilain physique, mademoiselle!...

LOUISE.

Vous le connaissez?

DARCY.

Un peu.

ALBERT.

Vous le connaissez, docteur?

DARCY, embarrassé.

De vue... je le vois dans toutes les maisons où je vais. (A part.) A moins qu'il n'y ait pas de glaces.

LOUISE.

Et vous pensez?...

DARCY.

Je pense que vous devez refuser...

ALBERT.

Merci, mon ami.

DARCY.

Il n'y a pas... c'est-à-dire si, il y a de quoi... Je pense, mademoiselle, qu'à une femme jeune et belle comme vous, il faut un mari beau et jeune, que l'amour passe avant la dot, parce que le bonheur passe avant toutes choses, que le talent vaut mieux que la fortune, parce qu'on peut forcer un coffre-fort et s'emparer de l'argent qu'il contient, tandis qu'on ne force pas une cervelle pour voler le génie qu'elle renferme. Vous n'avez pas osé répondre cela à monsieur votre père, eh bien, bon je m'en vais le lui dire, moi! Et il me croira, mademoiselle, parce qu'il sait à quoi s'en tenir sur mon compte, parce qu'il appréciera le désintéressement de mes paroles, à moi qui ai cent cinquante mille livres de rente, un beau nom et un vilain physique!...

LOUISE.

Quoi, monsieur, c'était!...

ALBERT.

C'était vous?...

DARCY.

Parfaitement... et je vais trouver monsieur Rousseau... je lui dirai de ne pas se mettre en peine de chercher un gendre, que vous lui en avez trouvé un qui vous aime et que vous aimez...

ALBERT.

Mais mon ami...

DARCY.

Je me charge de tout... (A part.) Même de sa dot, à lui, et pour cela, je verrai aussi le marchand de tableaux... (A part, en regardant Geneviève qui est restée silencieusement assise.) Ah! et elle que j'oubliais... (Bas.) Ma chère enfant, je crois que vous avez raison de songer au couvent...

GENEVIÈVE, bas.

J'y serai heureuse de la pensée de leur bonheur... (Haut.) Adieu, Louise... adieu, monsieur Albert...

ALBERT et LOUISE, lui prenant chacun une main.

Chère Geneviève!...

DARCY, à part.

Au couvent... j'aurais dû avoir la même idée... moine... avec un capuchon par derrière... ça cache...

ALBERT.

Mon ami, vous nous sacrifiez votre bonheur, vos espérances!

DARCY.

Allons donc! ça passera... je vais faire un grand voyage, et je reviendrai guéri.

LOUISE.

Vous partirez?...

DARCY.

Aujourd'hui, tout à l'heure... j'irai chez les Hottentots, chez les Esquimaux... j'en trouverai peut-être de plus vilains que moi, et ça m'amusera, ça me fera rire, ça me... (A Geneviève.) Allons-nous-en, je pleurerais... (Il sort avec Geneviève.)

SCÈNE IX.

ALBERT, LOUISE.

ALBERT.

Louise!... il est donc vrai! ce bonheur tant de fois rêvé par moi, ce n'est plus une illusion, un mensonge! vous m'aimez... oh! j'ai besoin d'entendre cet aveu de votre bouche... Dites-moi que vous m'aimez, Louise, dites-le-moi pour que j'aie la force de supporter mon bonheur, dites-le-moi... pour que j'aie le courage de vous faire un terrible aveu...

LOUISE.

Un aveu!... Qu'avez-vous donc à m'apprendre?

ALBERT.

Je suis sans famille, et le nom que je porte est celui de ma mère...

LOUISE.

Je le savais.

ALBERT.

Je n'avais qu'un seul protecteur, un seul ami, monsieur Duperrier, qui m'avait accueilli dans sa maison et confié sa caisse... Dieu sait combien j'étais heureux et fier de sa confiance... combien je lui étais dévoué... (avec émotion) combien je l'aimais!... lui!... lui!... Eh bien! un jour, Louise, un homme, dont je n'ai pu voir le visage qu'un instant, s'était introduit dans la maison... je voulus le poursuivre, il avait disparu, et quand je revins à ma caisse, elle était forcée... cet homme avait soustrait quarante mille francs. Monsieur Duperrier m'accusa de ce vol...

LOUISE.

Vous?

ALBERT.

Oui, moi, moi, son... Ah! vous ne pouvez pas comprendre, Louise, tout ce qu'il y avait d'affreux, de déchirant pour moi, dans cette horrible accusation.

LOUISE.

Oh! si, je le comprends, Albert.

ALBERT.

Vainement je l'implorai, je le suppliai de m'entendre... Vainement ma fierté se révolta, rien ne put le persuader, le convaincre, rien ne put toucher son cœur... ce cœur, le dernier qui eût dû m'accuser! voilà pourquoi je suis sorti, voilà pourquoi je suis allé m'agenouiller sur la tombe de ma mère, voilà pourquoi j'ai voulu mourir!

LOUISE.

Pauvre Albert!

ALBERT.

Monsieur Duperrier m'a promis de garder pour lui seul l'indigne soupçon dont il m'a accablé... Cette promesse... oh! je sais qu'il la tiendra, mais je ne pouvais pas, je ne devais pas, moi, accepter le bonheur que vous m'offrez sans vous avoir fait cet aveu. Louise, l'homme qui vous parle, et dont la main serre la vôtre, peut marcher le front haut, car cet homme n'a commis ni lâcheté ni bassesse. Il vient de vous ouvrir son cœur, il met sa destinée dans vos mains... Cette vie que vous avez sauvée, vous pouvez d'un mot la lui conserver ou la lui reprendre, et quel que soit votre arrêt, il s'y soumettra sans se plaindre.

LOUISE.

Albert, vous êtes innocent, je le crois. (Mettant la main sur son cœur.) Je le sens et je vous aime.

ALBERT, tombant à genoux.

Louise! oh! tous mes malheurs sont évanouis, toutes mes souffrances sont oubliées! je suis aimé de vous, Louise : qui peut se dire maintenant aussi heureux que moi?

SCÈNE X.

LES MÊMES, SUZANNE, puis ROUSSEAU.

SUZANNE, trouvant Albert agenouillé.

Ne vous dérangez pas!

ALBERT.

Que voulez-vous, mon enfant?

SUZANNE.

Je vous apporte une lettre et je vous annonce M. Rousseau, qui va venir dans un instant.

ALBERT.

Une lettre...

SUZANNE, la lui donnant.

La voilà!

ALBERT, qui l'a ouverte.

C'est de M. Verdelet, le marchand de tableaux. (Il lit.) « Monsieur, je me repens de ne vous avoir donné que trois louis de votre charmant dessin que je viens de vendre deux cents francs... J'offre de doubler la somme; ne faites pas cependant de cette offre un trop grand honneur à ma délicatesse. Je suis marchand, monsieur, et je sais que je ferai avec vous d'excellentes affaires... J'ai vu votre sainte Cécile, je désire m'en assurer l'acquisition, et à l'avance, je vous offre quinze cents francs. Heureux si vous consentez à me donner, au même prix, les toiles de cette importance que vous ferez à l'avenir... » Chaque tableau quinze cents francs! mais c'est presque une fortune qu'il m'offre.

SUZANNE.

Cela vaut bien cela.

LOUISE, souriant.

Vous voilà millionnaire, monsieur. — La fortune, la gloire! mais c'est moi qui n'oserai plus aspirer à votre main...

ALBERT.

Chère Louise!...

SUZANNE.

Monsieur Rousseau!... (Suzanne sort.)

ALBERT, bas à Louise.

Votre père!... c'est lui qui va décider de notre sort.

ROUSSEAU.

Monsieur Albert, avant de partir, M. Darcy s'est longuement entretenu avec moi, il m'a dit votre amour pour ma fille et l'amour que Louise a pour vous...

ALBERT.

Et vous avez répondu, monsieur?...

ROUSSEAU.

Ce que je viens vous dire à vous-même... ma fille est pauvre, monsieur Albert.

ALBERT.

Pauvre.

ROUSSEAU.

Sa pauvreté est mon ouvrage, et je n'ai pas le droit de lui refuser l'époux de son choix... Un autre eût pu la rendre riche; vous, monsieur, rendez-la heureuse.

ALBERT.

Heureuse!... oh! monsieur, tout ce qu'un homme peut avoir de courage, je l'aurai pour elle... tout ce qu'un fils peut avoir de dévouement, je l'aurai pour vous, mon second père; non... mon père, le seul que le ciel m'ait laissé!... Vous êtes pauvre, dites-vous... pardonnez-moi, monsieur, de ne pas m'attrister de votre pauvreté... je suis presque riche, moi... j'ai du talent monsieur, j'ai du talent... Oh! ce n'est pas moi qui dis cela, ce n'est pas mon orgueil qui parle; non, non, tenez, lisez : ce qu'on me propose, monsieur, c'est une existence honorable pour elle, pour vous, pour les enfants que Dieu m'enverra!... Ah! vous me parlez en tremblant de votre ruine! mais je m'en réjouis, moi; oui, je la bénis, cette pauvreté qui me relève à mes propres yeux, qui fait de moi le chef de famille respecté, le soutien de ma femme et l'appui de mon père... Ah! noble pauvreté, je te bénis!

ROUSSEAU.

Louise, tu seras heureuse! Mon ami, mon fils... (Il embrasse Albert.)

ALBERT.

Ne me faites pas pleurer, mon père... j'ai les yeux obscurcis par les larmes, et il faut que je travaille... je veux ce soir livrer ce tableau, je veux l'avoir achevé le jour même où s'est décidé mon mariage. (Il a pris sa palette et ses pinceaux.) Cette fois, Louise, vous ne refuserez pas de poser.

LOUISE.

Oh! non, certes!

ALBERT.

C'est pour vous que je travaille, pour nous... (En disant ces mots, il s'est disposé à peindre... Il s'arrête, pose son pinceau sur le chevalet et porte la main à ses yeux.)

LOUISE.

Je suis prête.

ALBERT, avec inquiétude.

Merci... mais je ne vois pas bien... (Il va tirer le rideau de la fenêtre.) Est-ce que le jour baisse déjà?

ROUSSEAU.

Non...

LOUISE.

Pourquoi demandez-vous cela?

ALBERT, à son tableau.

J'ai eu trop d'émotions aujourd'hui. (Il essaye de peindre, et s'arrête encore.) J'ai pleuré, j'ai trop pleuré... Allons! ce ne sera rien... ce ne sera...(Il se passe les mains sur les yeux, puis s'écrie avec force :) Mais je vous dis que la nuit vient... une nuit étrange! une nuit plus sombre et plus terrible que les autres...

LOUISE.

Mon Dieu!

ROUSSEAU.

Que dit-il?

ALBERT.

Louise! Louise! (Il tend les mains vers elle.)

LOUISE.

Albert!..

ALBERT.

Tu me parles; mais tu ne peux pas me voir, n'est-ce pas? tu ne peux pas me voir, puisque je ne te vois pas, moi!... Mais dites-moi donc qu'il fait nuit... (L'horloge sonne trois heures.) Trois heures!... Ah! je suis aveugle!... aveugle! (Il tombe évanoui.)

ACTE IV.

Un jardin en terrasse, petit mur au fond à hauteur d'appui, laissant voir à l'horizon les arènes de Nimes. — Aux premier et deuxième plan à droite, la partie de la maison de M. Rousseau, donnant sur la terrasse, à laquelle on arrive par un petit perron. — A gauche, au premier plan, une tonnelle; sous la tonnelle, une table, des chaises de jardin. — Au troisième plan à gauche, le commencement d'un escalier descendant dans la rue. — Au quatrième plan, le mur d'appui. — Au cinquième plan, le tableau d'horizon. — Au lever du rideau, Louise est assise sous la tonnelle, tenant sur ses genoux un petit métier à dentelles; elle est endormie; Suzanne arrive vivement par le perron.

—

SCÈNE PREMIÈRE.

LOUISE, endormie, SUZANNE.

SUZANNE.

Madame, madame, voilà deux lettres pour vous, et je... (S'arrêtant.) Ah! pauvre madame Morel... elle s'est endormie. (S'approchant doucement.) Son ouvrage n'en souffrira pas. (Elle met les lettres sur la table, prend le métier et va s'asseoir de l'autre côté de la table.) Je vais le continuer... Oh! comme il est avancé depuis hier!... Elle aura encore travaillé tard.

LOUISE, toujours endormie.

Juliette... ne quitte pas ton père... ne le quitte pas.

SUZANNE

Dans son sommeil, elle pense encore à son mari, à sa fille. Dame, c'est tout ce qui lui reste à aimer dans le monde... voilà déjà six ans que nous avons perdu ce bon monsieur Rousseau. Avant de mourir, le digne homme a pu bénir notre petite Juliette. Il a pu la voir, lui!... tandis que monsieur Albert ne verra jamais ce beau petit ange-là... Monsieur Darcy est toujours en voyage, mademoiselle Geneviève est religieuse, de sorte que mes chers maîtres se trouvent sans famille, sans amis, il ne leur reste plus que moi... Oh! mais je ne les abandonnerai jamais! oh! non, jamais! (En parlant elle laisse tomber une de ses bobines.)

LOUISE, s'éveillant au bruit.

Ah! (Regardant autour d'elle.) Suzanne!

SUZANNE.

Madame!

LOUISE.

Est-ce que j'ai dormi longtemps?

SUZANNE.

Non, madame.

LOUISE.

Je me croyais plus forte. (Haut.) Rends-moi mon métier.

SUZANNE, travaillant toujours.)

Je n'ai plus rien à faire dans la maison... et de broder un peu, ça me repose... (A part.) Et elle aussi.

LOUISE.

Où est Albert?

SUZANNE.

A la promenade, ici tout près... avec mademoiselle Juliette, qui est toute fière de vous remplacer, et de conduire son petit papa.

LOUISE.

Chère enfant!

SUZANNE.

C'est un vrai trésor! Jolie comme un amour, et intelligente à faire plaisir. Elle apprend tout ce qu'elle veut. Elle vous ménage même une surprise pour l'anniversaire de sa naissance.

LOUISE.

Ah! je remercie tous les jours Dieu qui me l'a envoyée; pour moi, ma fille est un bonheur; pour Albert, c'est une consolation. Tiens, je ne sens plus ma fatigue... c'est pour Albert, pour Juliette que je travaille... il faut que cette bande de dentelle soit livrée ce soir, car... (bas) nous n'avons plus d'argent à la maison (soupirant et lui tendant la main) tu le sais, toi.

SUZANNE.

Vous me dites ça parce que depuis un an vous ne pouvez pas me payer régulièrement comme autrefois. Vous m'aviez promis de ne plus m'en parler. Est-ce que vous ne me récompensez pas en bonne amitié? (Elle lui baise la main.) Tenez, pendant que je finis cette fleur... lisez les deux lettres que je vous ai apportées. Il y en a peut-être une de monsieur Darcy.

LOUISE, ouvrant une lettre.

Non, cette lettre est de monsieur Girard.

SUZANNE.

Qui a réparé notre maison?

LOUISE, lisant.

« Madame, lorsque j'ai relevé le corps de bâtiment que l'incendie avait détruit, je vous ai promis de vous laisser du temps pour me payer; mais j'ai besoin de mon argent, et mon avoué, qui connaît votre gêne, craint d'être obligé de saisir et de faire vendre votre maison...» (Elle s'arrête.)

SUZANNE.

Miséricorde! vendre notre maison!

LOUISE.

Cet homme est dans son droit. Il craint de voir lui échapper le seul gage qui garantit sa créance... Notre gêne, grâce à ton dévouement, j'ai su jusqu'à ce jour la cacher à Albert. Il croit que j'ai pu réparer le désastre causé par ce fatal incendie au moyen des débris de notre fortune passée. Il ne sait pas que la flamme a dévoré les quelques valeurs que m'avait laissées mon père... Albert nous croit à l'aise comme nous l'étions, et cette pensée lui fait supporter son malheur. Mais comment lui cacher la saisie et la vente de cette maison? comment l'en faire sortir? Il en connaît si bien toutes les parties, qu'il la parcourt sans guide. Ce qu'il ne peut plus voir il l'a vu, il se le rappelle... Ailleurs, sa nuit lui semblera plus profonde... plus triste encore... puis cet incendie, cause de notre ruine, il se le reprochera... Oh! vois-tu... quand il saura qu'on nous chasse de la maison de mon père, il en mourra! oui, il en mourra!

SUZANNE.

Oh! monsieur Albert a du courage.

LOUISE.

Où le conduire?... où aller?... le prix de cette maison, vendue ainsi forcément, ne suffira peut-être qu'à payer monsieur Girard... et cette maison était tout ce qui nous restait. Comment faire vivre mon mari, comment élever ma fille? le travail de mes jours et de mes nuits nous donnera à peine du pain.

SUZANNE.

Oh! d'abord, nous serons deux à travailler... Et puis... soyez tranquille... si on vous chasse de chez vous... eh ben! nous irons chez moi.

LOUISE.

Chez toi?

SUZANNE.

Oui dà. Je suis propriétaire, moi; mes parents m'ont laissé, pas une maison, non... mais une chaumière, au hameau de Vignerolles; elle était bien louée dix écus par an. Nous irons là, madame: vous direz à monsieur Albert qu'on ordonne la campagne à mademoiselle Juliette, et il partira tout de suite. Si la chaumière est vieille et laide, il n'en pourra rien voir, et il trouvera là tout ce qu'il aime... le grand air, le soleil, les fleurs; enfin ce que le bon Dieu donne aux pauvres.

LOUISE.

Excellent cœur!

SUZANNE

Ne pleurez donc plus, et lisez la seconde lettre, ça ne peut pas être encore un malheur.

LOUISE, après avoir ouvert la lettre, la rejette sur la table sans la lire.

Comment cette lettre est-elle parvenue ici?

SUZANNE.

Par la poste... Vous ne la lisez pas?

LOUISE.

Non.

SUZANNE.

Je devine, c'est du jeune homme de l'église, n'est-ce pas?

LOUISE.

Oui.

SUZANNE.

Voilà un entêté! Vous lui tournez le dos quand il vous regarde, vous ne lui répondez pas quand il vous parle; vous évitez de sortir depuis huit jours pour ne pas le rencontrer, et au lieu de se tenir tranquille, il vous persécute de ses écritures. Je ne vous en avais rien dit, hier il avait voulu glisser dans mon panier une lettre pour vous, et un jaunet pour moi; mais la lettre et le jaunet, j'ai tout jeté sur le pavé... Quoi qu'il peut donc bien vous écrire?

LOUISE.

Que m'importe? (L'horloge de la ville sonne une demie.) Albert devrait être rentré; s'il était arrivé quelque chose à lui ou à sa fille! à sa fille, qu'il ne pourrait pas protéger, le pauvre père!

SUZANNE.

Il n'y a pas de danger, madame... c'est égal. (Elle se lève.) Je vas courir au-devant d'eux pour que vous ne soyez plus inquiète. Je vas passer par la maison; d'ordinaire, c'est par la grande rue qu'ils reviennent. (Elle sort par le perron.)

SCÈNE II.

LOUISE. Elle reste un moment silencieuse et préoccupée; puis, comme si elle avait pris une résolution.

Suzanne a raison; quand Albert croira que l'air de la campagne est ordonné à sa fille, il ne demandera pas d'explication, il partira; et dans ce modeste asile que Suzanne nous offre, nous trouverons le calme, au moins; avec le produit de mon travail et ce qui me reviendra peut-être du prix de notre maison, je pourrai entourer encore mon mari d'un bien-être qui l'abusera sur notre véritable position; pour moi, la misère ne sera rien tant que mon Albert ne la connaîtra pas. (Elle se remet à travailler; on voit alors paraître à la petite grille à gauche un jeune homme en élégant négligé; ce jeune homme est l'inconnu du deuxième acte.)

SCÈNE III.

LOUISE, L'INCONNU.

L'INCONNU.

Le mari n'est pas rentré, la servante vient de sortir... ma belle prude doit être seule... Oui, la voilà!... elle est vraiment charmante, et à tout prix je triompherai de cette vertu de province.

LOUISE, entendant marcher.

Ah! c'est toi, Albert. (Se levant.) Enfin (Apercevant l'Inconnu.) Vous, monsieur, chez moi!

L'INCONNU.

L'obstination que vous mettez à me fuir, madame, explique ma présence, si elle ne l'excuse pas. Ma lettre, d'ailleurs, vous annonçait ma visite.

LOUISE.

Votre lettre... je ne l'ai pas lue, monsieur; mais comme je devine ce qu'elle contient, si vous le voulez bien, je vais y répondre. (Elle reprend sa place, et de la main indique un siége à l'Inconnu, qui semble étonné du calme et de la dignité de Louise.) Rien ne ressemble plus aux manéges d'une coquette, je le sais, que le soin que prend une honnête femme de sa réputation. J'ai feint de ne pas entendre vos propos flatteurs, j'ai évité de me retrouver avec vous, soit à l'église, soit à la promenade. Enfin, vos lettres ont été refusées, ou sont restées sans réponse. Une coquette n'aurait peut-être pas agi autrement, et vous avez pu y être trompé. Une explication franche et loyale vous fera regretter, je pense, de m'avoir méconnue. Si je vous accueille sans colère, si je vous parle sans indignation, c'est que je ne veux voir en vous qu'un homme d'honneur qui s'égare, et que je dois remettre dans la bonne voie. Je continue, monsieur; vous avez su que, jeune encore, j'avais pour mari un homme qu'un irréparable malheur a frappé; vous avez cru que je déplorais cette union. Il n'en est rien, monsieur; j'ai épousé M. Merel par amour, et cet amour a grandi avec son infortune. Enfin, monsieur, je suis mère, et quand je ne serais pas assez défendue par ma tendresse pour mon mari, je le serais encore par mon respect pour mon enfant. Maintenant, monsieur, vous me connaissez bien, vous ne devez plus rien avoir à me demander. (Elle se lève.) Pour moi, je n'ai plus rien à vous dire.

L'INCONNU, à part.

Elle est presque imposante. (Haut.) Je n'aurais plus en effet qu'à me retirer, si j'avais été conduit ici par un sentiment éphémère que la beauté seule fait naître; mais plus je vous écoute, madame, plus je vous regarde, et plus je désespère de pouvoir étouffer un amour qui, pour être respectueux, n'en est pas moins profond, n'en sera pas moins persévérant.

LOUISE.

Monsieur...

L'INCONNU.

Accordez-moi la grâce de me laisser m'expliquer à mon tour. Je le ferai nettement. Vous ne me trompez pas, madame; non, vous vous trompez vous-même. Vous prenez pour de l'amour ce qui n'est qu'une douce pitié pour une infortune à laquelle vous avez déjà trop sacrifié. Ne vous indignez pas, madame, je connais le cœur humain, et vous ne me persuaderez jamais que vous aimiez d'amour un homme qui ne sait même pas que vous êtes belle, un homme qui près de vous ne pense qu'à son malheur et vous fait l'humble esclave de son infirmité. Que devez-vous à cet homme? vos soins, votre pitié, je le répète; mais votre amour! convenez-en, ce serait là un trésor perdu, et ce trésor, madame, vous le donnerez un jour à celui qui le payera d'une tendresse exclusive, à celui qui, ne pouvant, hélas! vous offrir sa main et son nom, vous suppliera à deux genoux d'accepter son cœur... sa fortune...

LOUISE, froidement.

Ah! vous savez donc que je suis pauvre? monsieur; c'était, ce me semble, un titre de plus à votre respect. Je regrette de vous avoir tenu un langage que vous ne pouviez pas comprendre; je vous supposais de ce monde où l'on croit encore à l'honnêteté des femmes, je me trompais. Je suis seule, monsieur, je n'ai près de moi ni père ni mari qui me protégent; mais je vous estime encore assez pour croire que lorsque je vous dirai de sortir, vous sortirez.

SUZANNE, rentrant par la maison.

Madame, voici monsieur et mademoiselle; ils reviennent par la petite grille. (Apercevant l'Inconnu.) Tiens, le jeune homme aux poulets.

LOUISE.

Vous entendez, monsieur.

L'INCONNU.

Je me retire, madame. (Il s'incline. Bas.) Mais je ne vous dis pas adieu, je vous dis au revoir.

SUZANNE, brusquement.

Par ici, monsieur, je vas vous montrer le chemin pour vous en aller.

L'INCONNU, à part.

Très-bien, je m'en souviendrai pour revenir. (A peine Suzanne et l'Inconnu sont-ils sortis par la porte de droite, que Juliette paraît à la petite grille, aidant son père à gravir les dernières marches de l'escalier. — Juliette a six ans, sa toilette d'enfant est simple, mais de bon goût; quant à Albert, son négligé est presque élégant, et toute sa personne révèle les soins dont on l'entoure.)

SCÈNE IV.

LOUISE, ALBERT, JULIETTE.

(Louise, épouvantée des derniers mots de l'Inconnu, est retombée sur sa chaise, sous la tonnelle. Albert entre guidé par Juliette.)

ALBERT, s'arrêtant au fond.

Merci, chère enfant, je n'ai plus besoin de ta petite main pour me guider. Ta mère est là, n'est-ce pas?

JULIETTE.

Oui, sous le berceau.

ALBERT, voulant marcher seul.

Bien je sais... je sais.

JULIETTE.

Prends bien garde!

ALBERT, bas.

Donne-moi notre bouquet.

LOUISE, à elle-même.

Cet homme me fait peur à présent. (Albert et Juliette se sont rapprochés de Louise et l'embrassent en même temps.)

JULIETTE.

Maman!

ALBERT.

Ma Louise!

LOUISE, les serrant dans ses bras.

Ah! vous voilà; ne me quittez plus.

ALBERT.

Nous sommes en retard, mais ne nous gronde pas trop fort. Nous avions formé un petit complot avec Juliette..... tu aimes les fleurs, et l'hiver a fait périr toutes celles de notre jardin. Ce matin, Juliette m'a conduit chez le père Gérôme, notre voisin, il nous a permis de dévaster pour toi tout son enclos. Alors, nous avons choisi, Juliette les nuances, moi les parfums que tu préfères, et à nous deux, nous avons composé ce bouquet. Il y a six ans, à pareil jour, Dieu nous envoyait Juliette, et ce jour là, ma Louise, je n'ai que des actions de grâce et de la joie dans le cœur... Entre vous, mes deux anges..... je suis heureux... (les embrassant) oui... bien heureux... Que fais-tu donc?... de la dentelle encore..... tu n'en portes jamais.

LOUISE.

Je brode un devant d'autel, pour le couvent de Geneviève.

ALBERT.

Ah! très-bien.

SCÈNE V.

LES MÊMES, SUZANNE.

SUZANNE, entrant en courant.

Bonne nouvelle, madame, bonne nouvelle! tout à l'heure, et au moment de fermer la porte sur la grande rue, j'ai vu passer, j'ai reconnu le domestique de monsieur Darcy.

ALBERT, LOUISE.

Darcy!

SUZANNE.

M. le docteur est revenu cette nuit, et Joseph m'a assuré que la première visite de son maître serait pour M. et madame Morel.

ALBERT.

Tu avais raison, c'est une excellente nouvelle que tu nous apportes là. (A Louise) Tu reverras avec plaisir notre bon docteur.

LOUISE.

Oui, sans doute, je le consulterai pour Juliette. (Elle fait un signe d'intelligence à Suzanne.)

SUZANNE, à part.

Compris.

ALBERT.

Pour Juliette?

LOUISE, vivement.

Oh! tu n'as pas à t'inquiéter pour elle; mais je crois qu'un air plus pur, plus vif, lui devient nécessaire, et pour elle, nous devrions peut-être, pour quelque temps, habiter la campagne. Si le docteur est de mon avis, tu consentiras à ce déplacement, n'est-ce pas?

ALBERT.

Ma Juliette souffrante... malade!

JULIETTE.

Mais non, petit père, je ne suis pas malade du tout.

ALBERT.

Ah! nous partirons, Louise, nous partirons quand tu voudras.

SCÈNE VI.

LES MÊMES, DARCY.

DARCY, qui a entendu les derniers mots.

Hein! partir! quand j'arrive? mais c'est absurde ça!

LOUISE.

Monsieur Darcy!

SUZANNE.

Le docteur!

ALBERT.

Mon ami!

DARCY, courant à Albert qui le cherche, et lui serrant la main.

Je suis venu à vous, mon cher Albert, aussitôt que j'ai su que vous ne pouviez plus venir à moi.

ALBERT, tristement.

Ah! vous avez appris... (Se reprenant.) Mais parlons de vous, docteur, de vous qui allez ramener un peu de gaieté dans notre maison. Ah! cela me fait du bien de serrer votre main dans la mienne! Votre santé n'a pas souffert de cet éternel voyage?

SUZANNE.

M. le docteur n'a pas changé du tout.

DARCY, riant.

Non, malheureusement. En quittant Nîmes, je me suis mis à courir comme un fou (regardant Louise) qui a peur de sa folie. De Paris, je suis allé aux Indes; j'ai visité le Japon, la Chine. J'étais au Kamschatka lorsque le bruit de la guerre d'Orient arriva jusqu'à moi; je me suis dit : Il faut aller là; et je suis allé en Crimée... en amateur. Quand je ramassais quelque pauvre blessé sur le champ de bataille, à chaque boulet qui m'arrivait, je baissais la tête et je haussais l'épaule, mais je crois que les boulets en avaient peur, ils passaient par-dessus et je l'ai rapportée.

LOUISE.

Avec la croix, monsieur Darcy?

ALBERT.

Vraiment?

DARCY.

Oui.

ALBERT.

Elle est placée sur un noble cœur.

DARCY.

C'est ce qu'a bien voulu me dire le maréchal quand j'hésitais à l'accepter. Mais je m'oublie là à vous parler sottement de moi, quand je ne devrais m'occuper que de vous. J'ai su ce matin le coup cruel qui vous avait frappé.

ALBERT.

Le jour même de votre départ. Si on vous a dit mon malheur, vous a-t-on dit aussi le sublime dévouement de Louise? Quand les médecins appelés eurent tous déclaré que ma vue était à jamais éteinte, je rendis à M. Rousseau la parole qu'il m'avait donnée. Je dégageai Louise de son serment. Vous me faites libre Albert, me dit-elle, c'est donc librement que je vais disposer de ma destinée!... Je ne veux être, je ne serai qu'à celui que j'aime! et je n'aimerai jamais que vous... Je serai votre consolatrice! je serai votre lumière!... Et c'est elle en effet qui me conduisit à son père, et qui, plus tard, fut mon guide jusqu'au pied de l'autel où le prêtre consacra notre union; cette union, le ciel l'a bénie... (présentant sa fille à Darcy) et la bénédiction céleste... la voilà... c'est ma fille, ma Juliette. Oh! pardonnez-moi, Louise, si je pleure. Pardonnez-moi si je vous porte envie à vous tous! vous la voyez! et moi je ne la verrai jamais! jamais!.. Elle! ma fille! que Dieu a dû faire si belle! Oh! docteur, dites-moi qu'elle ressemble à Louise! à Louise, dont l'angélique figure est si bien restée gravée là... que, dans mon éternelle nuit, je la vois... je la vois toujours. Dites-moi que cette enfant est la vivante image de sa mère, alors je me consolerai de ne pas la voir des yeux, je la verrai du cœur. (Darcy détourne les yeux pour cacher ses larmes.)

JULIETTE, à Darcy.

Oh! monsieur, dites donc à mon petit père que je ressemble à maman, pour qu'il ne pleure pas et pour qu'il m'aime encore davantage.

DARCY.

Je le voudrais, mon enfant, mais il y a un obstacle.

ALBERT.

Lequel?

DARCY.

C'est que l'enfant vous ressemble bien plus qu'à sa mère, mon bon ami; c'est tout votre portrait à vous; oui, cette ressemblance est parfaite, et j'espère bien que vous en jugerez un jour par vous-même.

LOUISE et SUZANNE.

Ah!

ALBERT.

Qu'avez-vous dit, docteur?

DARCY.

Je dis... je dis que j'ai vu faire des prodiges là-bas, et qu'il me sera peut être donné d'en faire un ici. Ce que mes confrères n'ont pas osé tenter, eh bien! moi, votre ami, je l'oserai.

ALBERT.

Ah! je reverrais Louise!.. je verrais ma fille!..

DARCY.

Je ne réponds de rien, mais je ne désespère pas. Seulement, il me faut à moi du temps, à vous du courage... et du calme, surtout du calme.

ALBERT.

Oh! j'en aurai!.. Mes pressentiments ne me trompaient donc pas quand je te disais : Louise, si la lumière doit m'être jamais rendue, ce sera par le docteur Darcy. Oh! pourquoi avez-vous tant tardé?.. Il y a un an, ma fille, ma femme ont failli périr, et c'est moi qui les aurais tuées.

LOUISE.

Ah! mon ami!

ALBERT.

J'avais exigé que Louise me quittât tout un jour pour aller assister à la prise de voile de Geneviève. Louise ne devait revenir que le lendemain. Après le départ de sa mère, Juliette se sentit souffrante. Le soir venu, je voulus la veiller, (avec amertume) comme si j'étais encore bon à quelque chose... Je renvoyai Suzanne, qui m'avait rassuré sur l'état de l'enfant. J'étais donc seul auprès de son berceau, épiant le sommeil de notre cher ange; sa respiration douce et calme d'abord me parut difficile, oppressée. Inquiet, et pour m'assurer que la fièvre n'était pas revenue... je veux prendre sa petite main... j'écarte son rideau... Tout à coup l'enfant jette un cri d'effroi : le feu! le feu! J'avais, je le suppose, approché le rideau d'une veilleuse que je ne savais pas être là et que je ne pouvais pas voir, moi. La flamme me montait au visage... Fou de terreur, je prends ma fille dans mes bras, je la couvre de mes vêtements... je veux fuir avec elle... l'incendie s'était communiqué aux tentures, je veux ouvrir la fenêtre, appeler du secours... la flamme était déjà là qui me repoussait... une épaisse fumée étouffait ma voix... Juliette s'était évanouie et ne me répondait plus; je ne savais pas si, privée d'air, mon enfant n'était pas déjà morte. A bout de forces, je tombai à deux genoux, couvrant de mon corps ma fille inanimée. Je poussai vers Dieu un cri de suprême détresse... A ce cri, un autre avait répondu; quand les plus braves au dehors hésitaient à venir nous chercher dans cette fournaise ardente, une femme s'était élancée... elle parvenait jusqu'à nous en bravant mille fois la mort. Vous avez déjà compris, docteur, que cette femme, c'était une mère, c'était Louise!

SUZANNE, rentrant.

Monsieur Darcy, Joseph vient d'apporter une lettre pour vous... Il paraît qu'elle est pressée.

DARCY.

Comment peut-on savoir que je suis revenu?...

SUZANNE.

La lettre est peut-être de quelqu'un qui ne savait pas que vous étiez parti.

DARCY.

C'est juste. (Lisant.) Du château d'Armonville.

SUZANNE.

A un quart de lieue d'ici.

DARCY.

Vous permettez, madame? (Il lit à part.) « Monsieur, on me vante votre science, et je me décide à vous appeler, bien que pour me guérir je n'aie aucune foi dans la médecine... Signé : DUPERRIER de Lyon. » (Parlant à lui-même.) Que ce monsieur se guérisse tout seul, alors...

SUZANNE.

Il y a-t-il une réponse, monsieur?

DARCY.

Non... si...

ALBERT.

Si vous voulez écrire, docteur, Louise va vous conduire à mon atelier.

LOUISE.

Et vous nous donnerez toute cette journée, n'est-ce pas?

DARCY.

Oui, certes, c'est pour vous que je suis revenu. Suzanne, dites à Joseph que je répondrai par la poste; à tout à l'heure, Albert. (Il lui serre la main.)

LOUISE, à Juliette.

Juliette, tu resteras avec ton petit père.

JULIETTE.

Oh! sois tranquille, maman, je ne le quitterai pas.

DARCY.

Au revoir, ma petite. (Il l'embrasse.) Vous êtes charmante, mademoiselle.

JULIETTE.

Vous n'êtes pas beau, vous, mais je crois que je vous aimerai tout de même. (Louise entre dans la maison avec Darcy. Suzanne est sortie déjà. Albert et Juliette restent seuls.)

SCÈNE VII.

ALBERT, JULIETTE.

ALBERT, allant s'asseoir près de la table sous la tonnelle.

Juliette... tu es restée?

JULIETTE, courant à lui.

Oui, papa.

ALBERT, lui prenant la main.

Sa main est bien fraîche. (Haut.) Je ne suis pas content de toi...

JULIETTE.

De moi, papa?

ALBERT.

Oui de toi, mon enfant, tu souffres et tu ne le dis pas.

JULIETTE.

Je te jure que je n'ai pas de mal du tout, c'est bien plutôt maman qui est malade.

ALBERT.

Ta mère?...

JULIETTE.

Elle travaille tant! Quand elle ne te fait pas la lecture, quand tu crois qu'elle se promène le jour ou qu'elle dort la nuit, elle brode, elle brode toujours. Je le sais bien, moi, c'est dans ma chambre que Suzanne lui monte son métier le soir.

ALBERT.

Chère Louise! elle veut tromper son ennui. Je lui ai fait une existence si triste, si monotone...

JULIETTE.

Dis donc, papa, tu n'as pas reçu de lettres aujourd'hui?

ALBERT.

Non, pourquoi?

JULIETTE.

Ah! c'est que je te ménageais une surprise... mais vois-tu les secrets, ça m'étouffe... je vais tout te dire; à présent, je pourrai remplacer maman, je lis dans l'écriture.

ALBERT, souriant.

Toi?

JULIETTE.

Oui... et Suzanne dit que je lis comme dans l'imprimé. Tu ne me crois pas, as-tu une vieille lettre dans ta poche?

ALBERT.

Non.

JULIETTE, cherchant.

Attends... en voilà dans le panier à ouvrage de maman.

ALBERT, à lui-même.

Je ne veux pas que Louise se fatigue ainsi... Eh bien! nous voyagerons s'il le faut.

JULIETTE, qui a pris les deux lettres que Louise a laissées dans son panier, en choisit une et laisse l'autre sur la table.

Ah! quel bonheur! voilà de la grosse écriture... ça ira tout seul. (Soutant sur les genoux d'Albert.) Tu me diras si je lis aussi bien que maman?

ALBERT, l'embrassant.

Allez, ma petite lectrice, je vous écoute.

JULIETTE.

Si tu m'embrasses toujours, je ne pourrai pas lire... Ah! m'y voilà. (Lisant doucement.) « Madame, lorsque j'ai relevé le corps de bâtiment que l'incendie avait détruit, je vous avais promis de vous laisser du temps pour me payer... »

ALBERT.

C'est de monsieur Girard, l'entrepreneur... Louise m'avait dit...

JULIETTE.

Est-ce bien?

ALBERT.

Continue, mon enfant, continue.

JULIETTE, lisant.

« Mais j'ai besoin de mon argent, et mon avoué, qui connaît votre gêne, craint d'être obligé de faire saisir et vendre votre maison... »

ALBERT.

C'est impossible!...

JULIETTE.

Oh! j'ai bien lu.

ALBERT.

La signature?... la signature?...

JULIETTE.

Girard.

ALBERT, cherchant à maîtriser son émotion.

Juliette, va, va retrouver Suzanne.

JULIETTE.

Maman, m'avait bien recommandé de ne pas te quitter.

ALBERT.

Fais ce que je veux, ma Juliette... Ah! cette lettre, où est-elle?

JULIETTE.

Je la remets là sur la table. (Elle la pose à côté de la lettre de l'Inconnu.)

ALBERT.

Bien, va. (L'embrassant.) Va, chère enfant.

JULIETTE, s'en allant.

Tiens, il n'a pas l'air content... il me semble pourtant que j'ai bien lu, moi.

ALBERT, seul.

Girard que je croyais payé... Girard est notre créancier et il menace d'une saisie... Oh! je comprends tout maintenant. L'ingénieux mensonge de Louise pour me faire sortir d'ici... ses jours, ses nuits, consacrés à un travail incessant qui nous faisait vivre et qui la tue. (Avec des sanglots.) La ruine, la misère, voilà ce que je lui ai donné à elle, pour prix de son amour... voilà ce que je léguerai à ma fille!... Oh! c'est horrible!... c'est horrible!... (Se levant, avec désespoir.) Que faire... que faire? Etre jeune, fort, courageux, avoir l'intelligence au front, l'énergie au cœur, et ne pouvoir rien... rien... non, je ne puis rien! Et pourtant, je ne laisserai pas chasser Louise de la maison de son père... non... non... mon Dieu! venez-moi en aide, vous savez que je n'ai pas mérité tant de malheur! vous êtes juste, et vous me prendrez en pitié. Un miracle... faites un miracle, car moi, je n'ai plus à donner à ma femme et à mon enfant que ma vie. (S'arrêtant tout à coup, et comme frappé d'une idée.) Si... si... je puis encore leur assurer une fortune... Ah! merci, mon Dieu! c'est vous qui venez de m'inspirer. Louise, Juliette, pour vous, je croyais n'avoir plus à donner que mon sang, il me reste encore mon honneur... mais pour aller jusqu'à Lyon, il me faut un guide.

SCÈNE VIII.

ALBERT, DARCY, LOUISE.

DARCY, paraissant sur le perron avec Louise.

Bien obligé, madame... Je jetterai moi-même tout à l'heure, cette lettre à la poste.

ALBERT, à part.

Ah! ce guide, le voilà. (Louise a mis sa mante, son chapeau, et elle tient, enveloppée dans du papier, la dentelle qu'elle va porter.)

LOUISE, allant à Albert.

Comment Juliette n'est-elle pas avec toi, mon ami?

ALBERT.

Elle est auprès de Suzanne, j'avais à parler au docteur.

LOUISE.

Je vous laisse.

ALBERT.

Tu sors?

LOUISE.

Oui, je vais faire quelques emplettes.

ALBERT, qui en avançant sa main vers Louise, rencontre le paquet qu'elle porte.

Que portes-tu donc là dans ce papier?

LOUISE.

C'est...

ALBERT, qui a palpé le papier.

C'est de la dentelle.

LOUISE.

Oui, je vais l'envoyer à Geneviève.

ALBERT, à part, avec attendrissement.

Elle va la vendre. (Et prenant la main de Louise, il la couvre de baisers et de larmes.)

LOUISE.

Pourquoi pleures-tu, Albert?

ALBERT, se contenant.

Je ne pleure pas... je te bénis et je t'aime, ma Louise... Va, va... (Louise l'embrasse et sort.)

SCÈNE IX.

DARCY, ALBERT.

ALBERT.

Docteur, nous sommes bien seuls, n'est-ce pas?

DARCY.

Oui.

ALBERT.

Pour moi, vous avez tout à l'heure fait briller un rayon d'espoir... mais cet espoir serait insensé... votre amitié pas plus que la science ne pourra me rendre la lumière.

DARCY.

Mon cher Albert, je me reprocherais toute ma vie de vous avoir trompé... Je vous l'ai dit et je vous le répète, je ne réponds de rien, mais je tenterai.

ALBERT.

Vous avez ajouté que la réussite ne pourrait être que l'œuvre du temps.

DARCY.

Certes, je ne veux rien compromettre par trop de précipitation. Il faut donc attendre.

ALBERT, éclatant.

Attendre... mais nous ne pouvons plus attendre... nous sommes ruinés.

DARCY.

Ruinés!

ALBERT.

Par ce fatal incendie que j'ai moi-même allumé. Louise, à mon insu, a été forcée de contracter des dettes, qu'elle ne peut pas payer. Cette maison est tout ce que nous possédons aujourd'hui, et cette maison va être saisie.

DARCY.

Saisie!... non pas.

ALBERT.

Je sais d'avance ce que vous allez me dire, ce que vous voudrez faire, et moi qui pour mes deux anges, n'hésiterais pas à tendre cette main qui ne peut plus travailler, j'accepterais votre cordial appui; mais vous comprenez qu'avant d'avoir recours même à vous, mon ami, je dois épuiser toutes mes ressources personnelles.

DARCY.

Oui!... oui... je comprends cela.

ALBERT.

Eh bien, il m'en reste une... oui, par moi, ma femme, ma fille, peuvent encore être riches... j'ai un père qui ne peut pas les abandonner.

DARCY.

Un père!

ALBERT.

A qui la loi humaine n'impose aucun devoir, mais à qui la loi divine commande de donner du pain à l'enfant qui lui doit la vie. Cet homme, d'ailleurs, a le cœur noble, généreux. Il a été bon pour moi, il m'avait ouvert sa maison, confié sa fortune, qu'il m'offrait de partager avec lui; la fatalité a fait de moi pour cet homme un fourbe, un voleur.

DARCY.

Un voleur, vous!

ALBERT.

Oh! vous ne le croyez pas!

DARCY, lui serrant les deux mains.

Non, certes.

ALBERT.

Il a pu le croire, lui. Pour aller trouver mon père, sans que Louise puisse soupçonner le but de mon voyage, il me faut un guide, et j'ai compté sur vous, docteur. Vous me conduirez à Lyon, n'est-ce pas!

DARCY.

Je le veux bien, je lui parlerai, moi, à votre père.

ALBERT.

Nous partirons bientôt?

DARCY.

Demain, si vous voulez. Je vais courir chez moi commander une voiture, des chevaux, puis je reviens vous trouver. Dans l'état d'exaltation où vous êtes, je ne veux pas vous quitter. (Revenant sur ses pas.) Il est bien entendu que vous me laisserez parler à votre père, j'y tiens. A propos, comment se nomme-t-il?

ALBERT.

Duperrier, de Lyon.

DARCY.

Duperrier. (Il regarde l'adresse de la lettre qu'il tient à la main.) C'est bien cela.

SCÈNE X.

LES MÊMES, SUZANNE.

SUZANNE.

Monsieur Darcy, on vient du château d'Armonville chercher une réponse de la part de monsieur...

DARCY, vivement.

Tais-toi. (Haut.) Je vais donner cette réponse. (A part.) Ce n'est pas à Lyon, c'est à Armonville qu'il faut aller trouver ce M. Duperrier... et j'irai, non pas demain, mais aujourd'hui, tout à l'heure. (Haut.) Je reviens. (A Albert.) Je reviens. (Il sort vivement.)

SCÈNE XI.

ALBERT, SUZANNE.

ALBERT.

Suzanne.

SUZANNE.

Monsieur.

ALBERT.

Savez-vous où est allée ma femme?

SUZANNE, embarrassée.

Madame?... (A part.) Elle est chez l'avoué de ce Girard, mais il ne faut pas que monsieur se doute.

ALBERT.

Eh bien?

SUZANNE.

Madame sera sortie pour se promener un peu, le temps est superbe.

ALBERT.

Tu me trompes donc aussi, Suzanne?

SUZANNE.

Moi, monsieur!

ALBERT.

Oui, tout le monde me trompe ici, mais je sais tout.

SUZANNE.

Quoi donc? que sait monsieur?

ALBERT, prenant sur la table la lettre de l'Inconnu au lieu de celle de Girard.

Je sais, Suzanne, tout ce que m'a appris cette lettre que ma fille me lisait tout à l'heure, sans se douter, la pauvre enfant, qu'elle me brisait le cœur.

SUZANNE, qui a regardé.

Ah! la lettre du jeune homme de l'église.

ALBERT, surpris.

D'un jeune homme?

SUZANNE, avec chaleur et volubilité.

Mademoiselle ne vous a pas tout lu, bien sûr, sans ça, vous ne soupçonneriez pas madame... ce n'est pas sa faute si elle est charmante, si on la remarque... si ce jeune homme, qui en est fou, lui écrit... mais, madame, ne lui a jamais répondu.

ALBERT, comme frappé de la foudre.

Je n'entends plus, je ne sais plus! Suzanne, qu'est-ce que vous me dites?

SUZANNE.

Je dis que madame est une honnête femme... et tenez, tout à l'heure encore, elle a mis ce beau monsieur dehors.

ALBERT.

Il est venu ici, chez moi! cet homme qui aime Louise et qui vient me voler son amour, mon dernier bien... mon seul bonheur! il a osé venir ici, et je ne l'ai pas su!... malheureux, et quand je l'aurais appris, que puis-je, moi, moi... un aveugle? Mais il peut venir chaque jour, à chaque heure, est-ce moi qui devinerai en lui un rival? Je suis aveugle. Est-ce ma femme qui viendra chercher un refuge auprès de moi? à quoi bon, je ne peux pas la protéger, la défendre, je suis aveugle!

SCÈNE XII.

LES MÊMES, LOUISE, L'INCONNU. Ils arrivent par le perron.

LOUISE, indignée.

Me suivre jusqu'ici, monsieur, c'est indigne.

L'INCONNU, bas en montrant Albert.

Prenez garde, madame, celui qui ne peut me voir peut vous entendre.

SUZANNE, l'apercevant, et à part.

Ah! lui ici!

LOUISE, suppliant.

Sortez, monsieur, sortez!

ALBERT.

N'est-ce pas la voix de Louise que j'ai entendue?

LOUISE.

Oui, mon ami, je rentre. (Bas à l'Inconnu.) Partez, mais partez donc!

L'INCONNU.

Je ne sortirai que lorsque vous m'aurez promis de m'entendre ici, ce soir.

LOUISE.

Jamais.

L'INCONNU.

Je reste, alors. (Montrant Albert.)

LOUISE, indignée.

Ah!

SUZANNE, éclatant.

Eh bien non, vous ne resterez pas!

ALBERT.

A qui parles-tu donc ainsi, Suzanne?

SUZANNE.

A un insolent qui insulte madame.

LOUISE, effrayée.

Suzanne.

ALBERT, bondissant.

Il est ici?

SUZANNE.

Et il n'en veut pas sortir.

ALBERT.

Oh! je l'en chasserai bien, moi.

LOUISE, courant à Albert qu'elle embrasse.

Mon ami!

ALBERT.

Oui, sur mon cœur, Louise, c'est là ta place.

SUZANNE, à l'Inconnu.

Vous en irez-vous à présent?

ALBERT, guidé par la voix de Suzanne.

Non, non, je ne veux pas qu'il parte. Il faut, avant, qu'il m'entende, il faut surtout qu'il me parle, pour que moi, qui ne peux pas le voir, je reconnaisse sa voix... alors, quand elle s'élèvera quelque part cette voix... je pourrai dire : L'homme qui vient de parler est un lâche.

L'INCONNU, faisant un pas.

Monsieur!

ALBERT, guidé par la voix.

Oui, lâche est celui qui poursuit une honnête femme jusqu'au foyer conjugal, qui l'insulte jusque dans les bras de son mari aveugle... mais, s'il ne peut voir l'outrage, il peut encore le punir. (Marchant au hasard.) Je vous cherche... je vais à vous... si vous ne voulez pas fuir... donnez-moi donc la main. (La saisissant.)

L'INCONNU.

La voilà.

ALBERT.

Ah!

LOUISE, à Suzanne.

Oh! Suzanne... cours, appelle!

SUZANNE.

Oui, madame. (Elle sort.)

ALBERT, sans l'entendre.

Croyez-vous qu'à cette distance, les chances ne soient pas égales entre nous?... demain, nos témoins nous placeront ainsi un pistolet dans la main.

LOUISE, jetant un cri.

Ah!

L'INCONNU, voulant retirer sa main.

Allons donc!

ALBERT.

Ah! vous avez peur?

L'INCONNU.

Moi?

ALBERT.

Quand on insulte un aveugle, on se bat en aveugle.

L'INCONNU.

Je refuse, monsieur.

ALBERT.

Misérable! je te forcerai bien.

L'INCONNU, dégageant sa main et s'éloignant d'Albert.

Comment?

ALBERT.

Il m'échappe, il me fuit, et je ne puis le suivre pour le provoquer publiquement, pour le souffleter devant tous. (Ici Darcy paraît, amené par Suzanne, et s'arrête un moment au fond.)

ALBERT, dans le délire du désespoir.

Mon Dieu, pourquoi donc me laissez-vous vivre? La misère va tuer mon enfant, et contre la misère je ne puis rien; l'insulte monte jusqu'à ma femme, et je ne puis rien contre l'insulte. Oh! mais tuez-moi donc, mon Dieu, tuez-moi donc! (Il tombe aux pieds de Louise, qui se penche vers lui.)

LOUISE.

Albert!

L'INCONNU.

J'oublierai les outrages de ce malheureux... rassurez-vous, madame... on ne peut pas se battre avec un aveugle.

DARCY, lui saisissant le bras.

C'est possible! mais on se bat avec un bossu.

ACTE V.

SCÈNE PREMIÈRE.

ARMAND, RÉMY puis, DUPERRIER.

ARMAND.

Où est mon père?

RÉMY.

Chez lui, monsieur; il est toujours bien souffrant...

ARMAND.

Il ne m'a pas demandé?

RÉMY.

Non, il a demandé un médecin; ce n'est pas peut-être tout à fait la même chose pour lui.

ARMAND, avec hauteur.

Que veux-tu dire?

RÉMY.

Ah! dame, c'est que monsieur espère qu'une visite du docteur pourra le rendre moins malade, tandis qu'il prétend qu'une visite de vous...

ARMAND, l'interrompant.

L'air de Nîmes ne lui est pas plus favorable que celui de Lyon. Ce n'était pas la peine de venir nous enterrer dans cette petite ville, où l'on meurt d'ennui, et où les femmes sont d'une pruderie ridicule.

RÉMY.

Si monsieur Duperrier vous avait écouté, nous serions allés nous fixer à Paris.

ARMAND.

Là, du moins, nous aurions trouvé, lui d'habiles médecins...

RÉMY.

Et vous, monsieur, des beautés moins farouches.

ARMAND.

Oh! je ne resterai certes pas longtemps à Nîmes.

DUPERRIER, entrant.

Libre à vous, monsieur, d'en partir dès aujourd'hui.

ARMAND.

Mon père...

DUPERRIER, à Rémy.

Et ce médecin que j'ai demandé?

RÉMY.

Il sera ici dans un instant.

DUPERRIER.

Laissez-nous, et annoncez-le dès qu'il arrivera. (Rémy sort.)

ARMAND, à part.

Nous allons avoir des reproches, de la morale, j'aime mieux m'en aller. (Il fait quelques pas vers la porte.)

DUPERRIER.

Restez, monsieur.

ARMAND.

Pardon, monsieur, mais un rendez-vous important...

DUPERRIER.

Oh! je ne vous retiendrai pas longtemps, et vous pourrez aller à vos importantes affaires. Je veux savoir pourquoi vous avez donné, ce matin, l'ordre de descendre un meuble qui se trouve chez moi?

ARMAND.

Permettez-moi de vous faire observer, mon père, que cette maison fait partie de la succession de ma mère, que personne ne m'en a jamais contesté la propriété.

DUPERRIER.

Jusqu'au jour où, pour empêcher le scandale de poursuites causées par vos folles dépenses, je vous ai prêté sur cette maison des sommes qui en représentent presque toute la valeur, en sorte que, si l'on comptait juste, j'en serais bien plus que vous le propriétaire...

ARMAND.

Si j'ai demandé qu'on descendît ce meuble, c'est que j'ai tout lieu de croire qu'il renferme certaines valeurs qui doivent m'appartenir.

DUPERRIER, avec amertume.

Ah! oui, des valeurs... de l'argent... est-ce que vous paraissez jamais ici pour un autre motif?

ARMAND.

Vous vous trompez, monsieur, je m'informais à l'instant de l'état de votre santé.

DUPERRIER.

Et la réponse... vous a satisfait sans doute, car on a dû vous dire que je m'affaiblissais chaque jour davantage.

ARMAND.

Oh! soyez persuadé mon père...

DUPERRIER.

Ah! des phrases sentimentales, des protestations de respect ou de tendresse! à quoi bon? vous savez bien qu'elles ne me touchent pas. Croyez-moi donc, laissons cela et parlez de ce meuble.

ARMAND.

Eh bien, je désire savoir ce qu'il renferme, parce qu'un ouvrier de cette ville est venu me trouver ce matin. « Monsieur, m'a-t-il dit, si vous vendez cette maison, comme on l'assure, visitez, avant de le livrer, un petit meuble en ébène qui se trouve dans la chambre qu'habitait madame votre mère. A ce meuble, il y a un tiroir secret connu d'elle et de moi seulement. C'est une petite moulure placée à gauche, qui fait jouer le ressort, lorsqu'on appuie dessus avec force. Madame Duperrier m'avait elle-même commandé ce meuble, et comme elle est morte subitement pendant un voyage à Paris, il est probable que les objets qu'elle y renfermait n'avaient pas été retirés par elle et n'ont encore été trouvés par personne. » Or, monsieur, si comme j'ai lieu de le croire, ces objets précieux existent en effet, c'est à moi qu'ils appartiennent et vous ne vous opposerez pas, je l'espère, à l'ordre que j'ai donné.

DUPERRIER.

Soit, monsieur, faites apporter ce meuble ici, s'il renferme... (avec amertume) quelque trésor, comme vous l'espérez, soyez sans crainte, ce n'est pas moi qui vous le disputerai. Mais souvenez-vous que j'entends qu'il ne soit ouvert que devant moi.

ARMAND.

Puisque vous l'exigez, je vais à l'instant renouveler cet ordre. (Il sort.)

SCÈNE II.

DUPERRIER, puis DARCY.

DUPERRIER.

Je ne me trompais pas, c'est l'espoir de trouver des bijoux ou de l'or, cachés dans ce meuble par sa mère, qui le préoccupait. C'est ça seulement qui l'a ramené ici. Le ciel ne m'épargne pas une goutte du calice d'amertume; avec les souffrances du corps, les tortures de l'âme. Ah! la belle chose que la richesse! Pas même l'affection, pas même le respect; un fils qui demande quelquefois : Comment va-t-il? C'est-à-dire hériterai-je bientôt? Ah! les hommes, si je devais vivre, je les haïrais.

RÉMY, entrant.

Monsieur...

DUPERRIER.

Que me veut-on? je ne recevrai personne.

RÉMY.

C'est le médecin que monsieur a fait demander.

DUPERRIER.

Je regrette maintenant qu'on l'ait appelé... Qu'il entre, je l'aurai bientôt congédié. (Rémy fait entrer Darcy et s'éloigne.)

DUPERRIER, regardant Darcy avec étonnement.

C'est vous, monsieur, qui êtes le docteur Darcy?

DARCY.

Oui monsieur; votre domestique ne vient-il pas de vous dire mon nom?

DUPERRIER.

Pardonnez-moi, monsieur, on m'avait parlé de vous, et je ne m'attendais pas....

DARCY.

A me trouver bossu, n'est-ce pas? Permettez-moi de vous rappeler, monsieur, qu'un médecin n'a pas besoin d'être un Adonis, et que la science se loge dans la tête, et non pas dans...

DUPERRIER.

Je vous ai prié de venir, monsieur....

DARCY, à part.

Mais il ne me prie pas de m'asseoir. (Il va à la cheminée et sonne.)

DUPERRIER.

Que faites-vous donc, monsieur?

DARCY.

Est-ce que ce n'est pas comme cela que vous appelez vos domestiques?

DUPERRIER.

Si fait, mais....

LE DOMESTIQUE, entrant.

Monsieur a sonné?

DARCY.

Oui, monsieur a sonné, pour que vous m'approchiez un fauteuil. (Le domestique exécute cet ordre et sort.)

DUPERRIER.

Asseyez-vous, monsieur.

DARCY.

Vous êtes bien honnête, merci. (A part.) Ah! c'est là son père. (Il va s'asseoir près de Duperrier, et après l'avoir bien regardé.) Quel âge avez-vous, monsieur?

DUPERRIER, sèchement.

Qu'importe mon âge?

DARCY.

Si je vous demande l'âge que vous avez, c'est qu'apparemment il est nécessaire que je le sache.

DUPERRIER, de mauvaise humeur.

Soixante-deux ans.

DARCY.

De qui se compose votre famille? quels sont les amis qui vous entourent?

DUPERRIER, avec hauteur.

Plaît-il, monsieur?

DARCY.

Je vous demande, monsieur, qui vous aimez, et de qui vous êtes aimé vous-même?

DUPERRIER.

Monsieur, j'ai fait appeler un médecin pour qu'il me donnât des prescriptions sur ma santé, et non sur ma conduite. Je règle ma vie et mes affections comme il me convient. — Voici mon pouls, monsieur, je vous livre mon corps, les secrets de mon âme n'appartiennent qu'à moi.

DARCY, repoussant doucement le bras du malade.

Permettez; monsieur, chacun traite ses malades à sa manière; si vous voulez des sangsues, des médicaments, des drogues, enfin, et rien que des drogues, faites-en appeler un autre; moi, monsieur, ce n'est pas seulement à la langue et au pouls que j'examine mes malades, c'est au cœur.

DUPERRIER.

Et moi, monsieur, c'est un docteur en médecine et non en psycologie que j'ai demandé. Vous convient-il, ou non, de me donner les soins que je désire?

DARCY.

Et les médicaments qu'il vous plaira de choisir, par-dessus le marché, n'est-ce-pas? Non, monsieur, cela ne me convient pas. (Il se lève.)

DUPERRIER.

Alors, monsieur, je regrette qu'on vous ait dérangé.

DARCY.

Et moi aussi, la course est longue de Nîmes jusqu'ici, et j'avais bien d'autres malades qui m'attendaient.

DUPERRIER.

Oh! l'on vous indemnisera de cette perte de temps.

DARCY.

Avec quoi, s'il vous plaît?

DUPERRIER.

Mais....

DARCY.

Avec de l'argent? Je suis plus riche que vous, monsieur, et votre argent ne remplacerait pas, d'ailleurs, les soins que j'aurais donnés à de pauvres malades.

DUPERRIER.

Cependant, monsieur, je veux... j'entends vous payer.

DARCY.

J'ai bien l'honneur de vous saluer... (Il va pour sortir, et revient sur ses pas.) Quant à l'argent que vous vouliez me donner, voilà ce que je vous conseille d'en faire. Vous devez voir quelquefois passer des gens pâles, maigres et mal vêtus. Ce sont des pauvres, monsieur; distribuez-leur ce que vous me destiniez... On leur met l'argent dans le chapeau qu'ils présentent humblement, si ce sont des vieillards, ou dans la main qu'ils vous tendent en pleurant, si ce sont des femmes ou des petits enfants... Cela s'appelle faire l'aumône... J'ai bien l'honnneur de vous saluer, monsieur... (Il s'éloigne.)

DUPERRIER, avec colère.

Adieu donc, monsieur... (Après un moment de réflexion, appelant.) Monsieur... monsieur Darcy.

DARCY, revenant.

Vous me rappelez, monsieur?

DUPERRIER.

Oui, oui, monsieur, je souffre cruellement; docteur, je suis vieux et faible, et pour n'être pas un mendiant, je n'en suis pas moins malheureux, allez!

DARCY.

Eh! je le sais bien, monsieur; c'est parce qu'il y a en vous plus de malheur que de souffrance physique, c'est parce que votre âme est plus brisée que votre corps, c'est parce que vous avez plus besoin des consolations d'un ami que des prescriptions d'un médecin, que je vous dis : Ne me tendez pas votre main, monsieur, ouvrez-moi votre cœur.

DUPERRIER.

Interrogez-moi donc, je cède... je suis prêt à vous répondre, docteur.

DARCY, à part.

Allons donc! (L'examinant.) Vous interroger, ce n'est plus très-utile maintenant. Je vous regarde, et je trouve dans vos yeux la trace de violentes passions éteintes.

DUPERRIER.

C'est vrai.

DARCY.

Et je lis sur vos traits bien des souffrances, bien des regrets, bien des larmes amères. Votre passé m'est connu, n'est-ce pas? Et si je vous demandais tout à l'heure qui vous aime et qui vous aimez, c'est qu'au lieu de calmants, de topiques ou de toniques, ce sont de fortes doses d'affection que l'on doit vous prescrire. Avez-vous des enfants?

DUPERRIER.

Des... enfants?

DARCY.

Oui... des enfants.

DUPERRIER, avec amertume.

J'ai... un fils.

DARCY.

Qui habite avec vous?

DUPERRIER, avec intention.

Oui... quelquefois.

DARCY.

Ah! et pas d'autre que celui-là?

DUPERRIER, après un temps.

Non! (Avec effort.) Pas d'autre! ah! le ciel n'a pas été prodigue envers moi des joies de la paternité.

DARCY, essayant de rire.

Je gage cependant que vous eussiez été bon père.

DUPERRIER, s'oubliant.

Oui, je l'aurais bien aimé, je l'aimais tant déjà... lui!

DARCY.

Lui? ce n'est donc pas de votre fils qu'il s'agit.

DUPERRIER.

Non, il s'agit.. d'un autre.

DARCY.

D'un autre? eh! bien, causons de celui-là.

DUPERRIER.

D'un autre que j'ai perdu.

DARCY.

Ah! il est mort?

DUPERRIER.

Oui. (A part.) Mort pour moi.

DARCY.

C'est un grand malheur, il aurait peut-être eu pour vous les soins et la tendresse dont vous auriez grand besoin.

DUPERRIER.

Ne me parlez pas de lui. Il vivrait encore que je refuserais de le voir, que je le chasserais, que je le maudirais.

DARCY.

Vous en parlez avec trop de colère pour qu'il n'existe plus, monsieur.

DUPERRIER.

Mais je vous dis...

DARCY, se levant.

Je vous dis, moi, que s'il était mort, quelle qu'eût été sa vie, vous respecteriez sa tombe. Tant qu'un père maudit son enfant, monsieur, c'est qu'il sait bien au fond du cœur qu'il a encore le pouvoir de lui pardonner.

DUPERRIER, se levant avec colère.

Pardonner, moi!

DARCY.

Mais oui, mais oui. Voyons, ne me cachez rien. Un médecin, c'est presque un confesseur. Vous êtes séparé de ce fils depuis longtemps?

DUPERRIER.

Depuis longtemps... (Avec énergie). Et pour toujours!

DARCY.

Pour toujours! mais c'est ce mot-là qui vous brise, qui courbe votre front vers la terre. Vous luttez contre le souvenir de ce fils, et votre cœur se révolte contre vous. Voilà ce qui vous mine.

DUPERRIER.

Assez, assez.

DARCY, avec force.

Voilà ce qui vous tue.

DUPERRIER, avec force.

Eh bien, que je meure... mais je ne veux pas qu'on me parle de lui, vous dis-je! apprenez donc qu'il ne s'agit pas de la vie, monsieur, il s'agit de l'honneur. (Il va se rasseoir.)

DARCY.

Allons, allons, calmez-vous..... nous n'en parlerons plus..... (A part.) En ce moment du moins. (Haut.) Que buvez-vous là? (Il prend sur la cheminée une théière et en examine le contenu.)

DUPERRIER.

De la gentiane, docteur.

DARCY. Il jette la tisane au feu. Après un temps.

Ah ça! et des amis?

DUPERRIER.

J'en avais deux que je croyais trouver dans ce pays : d'abord, Geneviève, une pauvre orpheline, elle est entrée au couvent; je lui avais écrit de venir, mais les règlements de sa communauté ne lui ont pas permis de se rendre à mon appel.

DARCY.

Et... l'autre?

DUPERRIER.

J'ai su en arrivant qu'il était mort.

DARCY.

Mort? est-ce que ce serait un client à moi? il s'appelait?

DUPERRIER.

Rousseau.

DARCY.

Un ancien notaire.

DUPERRIER.

Oui.

DARCY.

En effet... ce brave monsieur Rousseau est mort... il a laissé une fille...

DUPERRIER.

Oui; je l'aurais bien fait appeler, mais on m'a dit quelle était mariée, je crois...

DARCY.

Oui, oui, elle est mariée... Vous ne savez pas avec qui?

DUPERRIER.

Non... Est-elle heureuse?

DARCY.

Oh! Tous les malheurs sont venus s'abattre sur ce pauvre ménage. Un incendie a dévoré le peu qu'ils possédaient, et la jeune femme que vous avez connu brillante de jeunesse et de santé, est maintenant pâle, flétrie par le travail, les larmes et des nuits sans sommeil.

DUPERRIER, se levant vivement.

Pauvre Louise! la misère! Que ne le disiez-vous, docteur! mais je suis riche.

DARCY.

Et moi aussi je suis riche... parbleu! mais ils sont fiers.

DUPERRIER.

Comment les secourir, alors?

DARCY.

Il y aurait bien un moyen.

DUPERRIER.

Lequel?

DARCY.

Vous avez besoin de quelqu'un qui vous aime?

DUPERRIER.

Oh! ne parlez pas de moi.

DARCY.

Si, si, parlons-en, au contraire. Cette jeune femme vous a connu jadis, prenez-la pour tenir votre maison; elle vous sera dévouée, elle aura pour vous l'affection qui vous manque, et vous aurez pour elle cette fortune.... dont elle manque aussi.

DUPERRIER.

C'est convenu. Il faut me la faire venir.

DARCY.

C'est cela, nous l'établirons ici près de vous.

DUPERRIER.

Oui, hâtez-vous. Pauvre Louise! je ne serai plus seul.

DARCY, revenant sur ses pas.

Ah! dites donc, si... au lieu d'une personne, il y en avait deux pour vous aimer, ça n'en serait pas plus mal; c'est qu'il y a... le petit, un amour d'enfant...

DUPERRIER.

Soit, amenez-les... Au revoir.

DARCY.

Au revoir. (Revenant.) Dites donc...

DUPERRIER, avec bonté.

Voyons, qu'est-ce encore? ne vous gênez pas.

DARCY.

J'y pense... nous amènerons ici la mère et l'enfant, c'est très-bien... mais, mais...

DUPERRIER.

Mais quoi?

DARCY.

Il y a encore le... le mari.

DUPERRIER.

Le mari?

DARCY.

Oui, le mari, le père de l'enfant; qu'est-ce que vous voulez qu'il devienne ce mari sans sa femme, ce pèresans sa fille?.. Bah! quand, au lieu de deux personnes, il y en aurait trois à vous aimer, où serait le mal?

DUPERRIER, lui tendant la main.

Amenez donc le mari, docteur.

DARCY, avec joie.

Et celui-là ne sera pas le moins ardent à vous chérir.. un brave cœur, allez!

DUPERRIER, gaiement.

Oui; eh bien, tant mieux! je les aimerai aussi, ce sera une nouvelle famille que je me ferai.

DARCY.

Bravo!... (Le regardant.) Dites donc, ça va mieux, vous?

DUPERRIER.

C'est vrai, c'est vrai, je me sens déjà mieux depuis...

DARCY.

Depuis mes prescriptions... mes ordonnances et mes drogues... Ah! j'ai bien autre chose encore à vous faire avaler.

DUPERRIER.

Vraiment? Eh bien, je tâcherai d'être un malade très-docile, très-obéissant.

DARCY, sérieusement.

Vous le promettez?

DUPERRIER.

Je vous le promets.

DARCY.

Au revoir, mon cher malade.

DUPERRIER.

Au revoir, docteur. (Lui tendant la main.) Mon ami.

DARCY.

Votre ami? Déjà!... Il n'y a pas un quart d'heure que vous vouliez me faire mettre à la porte.

DUPERRIER.

Je ne vous connaissais pas.

DARCY, riant.

Vous ne m'offrez plus votre argent?

DUPERRIER.

Non, je vous paye avec le cœur, j'ai changé de monnaie, voilà tout.

DARCY, lui serrant la main.

J'aime mieux celle-là. A bientôt. (Il sort.)

SCÈNE III.

DUPERRIER, puis ARMAND.

DUPERRIER.

Singulier homme. C'est vrai qu'un instant il m'a tout fait oublier, mes regrets, mes souffrances, et jusqu'à... (Voyant entrer Armand.) Jusqu'à mon fils!

ARMAND.

J'ai donné l'ordre de descendre ici le meuble en question mon père, on l'apporte, je n'ai pas voulu chercher à l'ouvrir, hors de votre présence, et...

DUPERRIER.

Et vous comptez que je ne l'ouvrirai pas sans que vous soyez là; j'y consens, monsieur. (Aux domestiques qui apportent le meuble, espèce de chiffonnière.) Placez ce meuble là, et sortez. (Les domestiques sortent. Duperrier ouvre les tiroirs.) J'ai beau chercher, le meuble est vide.

ARMAND.

C'est d'un tiroir secret qu'il s'agit, et pour l'ouvrir. ..

DUPERRIER, cherchant.

Oui, il y a une moulure, disiez-vous, sur laquelle il faut appuyer fortement. Celle-là, sans doute.

ARMAND.

Très-fortement, permettez, ma main est plus vigoureuse que la vôtre.

DUPERRIER.

Oh! je ne suis pas si faible encore!

ARMAND.

Cependant...

DUPERRIER, faisant un effort.

Tenez, le ressort va céder, il cède. (Le tiroir s'ouvre.)

ARMAND, voulant y plonger la main.

Ah! voyons... voyons vite.

DUPERRIER, sévèrement.

Attendez, monsieur! Ce qu'il y a là, c'est un dépôt sacré, fait par celle qui n'est plus... et moi, son mari, le père, le chef de famille, j'ai le droit de connaître le premier ce dépôt, et peut-être de le connaître seul.

ARMAND.

Monsieur...

DUPERRIER.

Des papiers... des lettres... un portrait d'homme.

ARMAND.

Un acte, un acte important, sans doute. (Il s'approche de Duperrier pour lire.)

DUPERRIER.

Par respect pour votre mère, monsieur, attendez. (Il s'éloigne d'Armand et parcourt quelques lettres.) Qu'ai-je vu? (Mouvement d'Armand. Bas et avec amertume.) De Georges Courval, oui... j'avais là comme un pressentiment; ces lettres sont de lui, qui l'aimait avant notre mariage. Malheureuse femme, qui avait juré fidélité devant Dieu et qui recevait les lettres de cet homme!

ARMAND, à part.

Mais qu'y a-t-il donc dans ces papiers?

DUPERRIER, à part, et lisant des yeux.

Mon Dieu! ce n'était pas assez de son amour, à lui, elle l'aimait, elle l'aimait aussi! Il parle de mon bonheur, de ma richesse qui m'a fait son mari, malgré les serments qu'il avait reçus d'elle. Ces serments, il les invoque, il veut la revoir, il la supplie au nom... de leur amour... au nom... (avec désespoir) au nom de cet enfant dont je lui vole la paternité, de... cet Armand qui est... qui est son fils à lui... (avec horreur) son fils!!!

ARMAND, voulant saisir la lettre.

Ah! c'en est trop, monsieur, et je veux savoir enfin...

DUPERRIER.

Malheureux!

ARMAND.

Monsieur, aussi longtemps qu'a duré ma minorité, aussi longtemps qu'a vécu ma mère, la loi vous a autorisé à commander en maître, et vous avez largement usé de ce droit. Aujourd'hui je suis majeur, et ma mère est morte, j'ai le droit de réclamer ces papiers.

DUPERRIER.

Vous ne les aurez pas.

ARMAND, s'emportant.

Je les aurai, vous dis-je, quand je devrais....

DUPERRIER.

Achève, achève donc, misérable! Ose donc lever la main sur moi et me menacer! qui t'arrête? ce n'est pas mon front couvert de cheveux blancs, tu l'as couvert de honte; ce n'est pas la faiblesse du vieillard, puisque tu es lâche! Est-ce le châtiment des parricides? Eh bien! chasse de vains scrupules, ne tremble plus, frappe-moi, frappe-moi donc, je ne suis pas ton père!

ARMAND.

Vous n'êtes pas... mon père?

DUPERRIER, lui donnant les papiers.

Tenez, tenez, le voilà ce précieux trésor.... que je voulais vous ravir. C'est le déshonneur de votre mère. Je ne vous connais plus, sortez! (Armand courbe la tête.) Sortez! sortez, vous dis-je!

ARMAND, se redressant peu à peu.

Monsieur, vous oubliez que si je ne suis pas votre fils devant Dieu, je le suis devant la loi.

DUPERRIER, tombant accablé.

Oh! l'infâme! l'infâme!

ARMAND.

Rien ne peut m'arracher le nom que je porte, et je défendrai mes droits, monsieur. (Il sort.)

SCÈNE IV.

DUPERRIER, seul.

Mon Dieu, le châtiment est-il enfin complet?... l'expiation est-elle assez terrible! j'ai abandonné la fille honnête et sage qui m'avait donné son amour et m'avait rendu père. Toute la tendresse qui lui était due, je l'ai reportée sur une autre que j'épousais par ambition, par orgueil, et cette autre m'a trahi à son tour; le fils qui porte mon nom n'est pas mon fils... Ah! c'est maintenant que je suis seul au monde, seul!... (Il se cache la figure dans ses mains.)

SCÈNE V.

DUPERRIER, DARCY, LOUISE, GENEVIÈVE.

DARCY, bas à Louise.

Le voilà, allons, du courage...

LOUISE, s'approchant.

J'en aurai, grâce à vous, docteur, grâce à Geneviève que la Providence amène ici en même temps que nous.

GENEVIÈVE, allant à Duperrier.

Monsieur Duperrier.

DUPERRIER.

Ah! Geneviève, vous êtes venue!

GENEVIÈVE.

Oui, monsieur, je vous savais souffrant, mais je ne suis pas venue seule.

DUPERRIER. (Il lève les yeux sur Louise et la regarde avec douleur.) Louise!... vous aussi, Louise!

LOUISE.

Oui, monsieur, la fille de votre ancien ami.

DUPERRIER.

Est-ce bien vous, mon enfant, vous que j'ai vue naguère si rayonnante de jeunesse, de bonheur! Ah! nous avons bien souffert, l'un et l'autre.

LOUISE.

Oui, j'ai beaucoup souffert, mais j'ai beaucoup prié, monsieur, et la Providence semble m'avoir exaucée, puisque je suis près de vous.

DUPERRIER.

Chère enfant! ton pauvre père!...

LOUISE.

Le ciel a été miséricordieux pour lui, il l'a rappelé avant que le malheur ne se fût appesanti tout entier sur nous. Mon père est mort sans avoir été le témoin de notre ruine, de notre misère.

DUPERRIER.

Sèche tes larmes, Louise... tu as retrouvé la tendresse d'un père, tu peux compter sur moi. (Regardant Darcy, puis Louise.) Et ton enfant, pourquoi n'est-il pas là?

DARCY.

Parce qu'elle a aussi son mari, avec qui est la petite.

DUPERRIER.

Amenez-les donc...

LOUISE.

Oui, monsieur, oui, mais...

DARCY.

Mais... pas tous les deux à la fois.

DUPERRIER.

Si fait... je le veux...

DARCY.

Vous voulez! encore? Je suis médecin, monsieur, et je règle les doses. Je vais d'abord chercher l'enfant. (Allant à la porte du fond.) Viens, petite, viens!

JULIETTE, entrant.

Me voilà, monsieur!

LOUISE, la conduisant auprès de Duperrier.

Ma fille, monsieur!

DUPERRIER, la prenant dans ses bras.

Chère petite, comme elle est jolie! (Il l'embrasse.)

JULIETTE.

Merci, monsieur.

DUPERRIER, la regardant attentivement.

Oui... très-jolie... C'est... c'est singulier... je retrouve dans ses traits comme un vague souvenir. (Darcy et Louise se pressent la main.) Oui, une ressemblance étrange!

DARCY, doucement.

Monsieur... Vous dites...

DUPERRIER, étonné.

Ces yeux... ce regard...

DARCY.

Et la bouche et le nez aussi; elle ressemble beaucoup à son père. (Il remonte doucement.)

DUPERRIER.

Vous ne m'avez pas dit le nom de votre mari, madame.

LOUISE, tremblant.

Son nom? peut-être ne l'avez-vous pas tout à fait oublié.

DUPERRIER.

Comment? mais je le connais donc? (Darcy fait signe à Louise de parler et se dirige vers la porte du fond.)

LOUISE.

Je crois que vous l'avez connu autrefois... que vous l'aimiez, monsieur!

DUPERRIER, se levant.

Moi!.. et son nom... son nom?

LOUISE.

Mais je crois aussi que vous l'aviez accusé d'une faute... d'un crime!

DUPERRIER.

Malheureuse! mais c'est donc...

LOUISE.

D'un crime qu'il n'avait pas commis, monsieur.

DUPERRIER, avec effort.

Lui! (Albert, que Darcy a conduit jusque-là, paraît à la porte.)

SCÈNE VI.

LES MÊMES, ALBERT.

LOUISE.

C'est mon mari, monsieur.

DUPERRIER, d'une voix sourde.

C'est lui! il a osé... (Il court vers Albert, le bras levé, comme pour le chasser.)

LOUISE.

Mon Dieu!

ALBERT, avec calme.

Excusez-moi, monsieur, de n'être pas entré tout de suite, je ne pouvais pas me guider tout seul... je suis aveugle.

DUPERRIER.

Aveugle! (Darcy s'élance sur Duperrier et le force au silence.) Lui! lui, aveugle!

DARCY, bas.

Hélas! oui, monsieur...

ALBERT.

Que se passe-t-il donc ici?... (Appelant.) Louise, Louise! (A Juliette.) Où donc est ta mère?

LOUISE, courant à lui.

Me voilà! (Elle regarde Duperrier avec étonnement.)

DUPERRIER, va pour parler à Albert.

Oh! je veux...

DARCY.

Monsieur, un mot de vous, un cri, et tout espoir de guérison est à jamais perdu.

DUPERRIER.

Je me tairai, docteur, je me tairai, et pour qu'il ne reconnaisse pas ma voix, c'est Geneviève qui l'interrogera

GENEVIÈVE.

Moi!

DARCY.

Soit... (Haut.) Mon cher Albert, vous cherchez M. Duhamel, le maître de cette maison, il n'est pas ici, il n'y a dans ce salon que mademoiselle Geneviève et moi.

ALBERT.

Geneviève!... Bonjour, Geneviève. On m'a dit que Louise devait trouver ici un emploi; mais j'ai compris que M. Duhamel, à qui sans doute le docteur nous avait recommandés, déguisait ainsi sa générosité envers nous...

DARCY.

Moi, je vous jure...

ALBERT.

Ne jurez pas, mon ami, vous savez bien que ce que je dis est vrai, et quelle que soit la générosité de M. Duhamel, je ne dois pas accepter. Pitié pour pitié, j'aime mieux aller implorer celle... d'une autre personne. Cette commisération je la payerai peut-être de bien des larmes.. mais du moins, de cette personne à moi les secours peuvent s'accepter sans rougir; car cette personne, c'est mon père.

DUPERRIER, à part.

Ah! mon Dieu, mon Dieu...

DARCY, bas.

Croyez-vous que ce père-là ne s'attendrira pas?

DUPERRIER, bas à Geneviève.

Pourquoi n'a-t-il pas demandé plus tôt le secours de... cette personne?

GENEVIÈVE.

D'où vient, monsieur Albert, que malheureux depuis si longtemps, ce soit aujourd'hui seulement que vous songiez à votre père?

ALBERT.

Ah!... c'est qu'il exige de moi un bien douloureux sacrifice.

DUPERRIER, bas.

Un sacrifice!...

ALBERT.

Il m'accusait d'une faute que je n'avais pas commise, d'un crime dont je ne m'étais pas souillé; et, pour qu'il me rouvrît ses bras, il fallait m'en avouer coupable!... Il voulait bien me rendre sa tendresse, mais il fallait la payer d'une honte!... Est-ce que c'était possible, dites?...

LOUISE.

Albert!... mon ami...

ALBERT.

Oh! je ne peux pas lui en vouloir. Un concours de circonstances incroyables, les preuves les plus accablantes, tout me condamnait. Je ne pouvais invoquer que vingt-quatre années d'une vie irréprochable; je n'avais, pour me défendre que des protestations et des larmes...

DARCY, hors de lui.

Et il a pu ne pas vous croire!

ALBERT, avec dignité.

Il a fait ce qu'il devait faire, mon ami. Persuadé, convaincu de mon crime, il m'a offert un pardon en échange d'un aveu! Dites-moi donc quel cœur eût agi plus noblement?

DUPERRIER, bas et tendant les mains vers Albert.

C'est lui qui me défend encore!... Oh! c'est bien, mon fils, c'est bien!

ALBERT.

Depuis ce temps, le malheur a épuisé toutes nos ressources, toutes mes forces, tout mon courage. Et, bien qu'il m'ait chassé, lui, c'est en lui seul que j'espère. J'irai, maintenant que je ne peux plus voir la colère dans ses yeux, j'irai frapper humblement à sa porte, j'irai m'agenouiller devant lui, et je lui dirai : « L'aveu que j'ai refusé de faire autrefois, je le fais aujourd'hui! Eh bien! oui, j'étais coupable! eh bien! oui, j'ai volé! J'ai une femme, un enfant; ils sont innocents ceux-là. Montrez-vous sans pitié pour moi, mais soyez charitable pour eux!... »

DUPERRIER, éclatant.

Ah! c'en est trop, Albert!

DARCY.

Monsieur...

ALBERT.

Cette voix!...

DUPERRIER.

Albert! Albert! mon enfant!

ALBERT.

Mais c'est...

DUPERRIER.

Laissez-moi! laissez-moi! docteur.

ALBERT.

Mais c'est mon père!

LOUISE et GENEVIÈVE.

Son père!

DUPERRIER.

Oui! oui! ton père, qui t'ouvre ses bras...

ALBERT, tombant à genoux et tendant les mains comme pour chercher Duperrier.

Ah!... mon père! mon père!..

DARCY.

Au diable mes prescriptions! Vous avez joliment travaillé, monsieur.

DUPERRIER, qui a relevé Albert et qui l'embrasse.

Oh! soyez sans crainte, docteur, ce n'est pas dans les bras de son père que Dieu viendra le frapper d'un nouveau malheur.

SCÈNE VII.

LES MÊMES, ARMAND, qui a paru au fond.

ALBERT.

Eh! quoi, mon père, j'étais dans votre maison, près de vous, et mon cœur ne me l'a pas dit?

ARMAND.

Recevez mes compliments, messieurs; jamais, je crois, réconciliation ne fut plus touchante.

DUPERRIER.

Vous, monsieur?

ARMAND.

Moi-même mon père!

ALBERT, surpris.

Son père...

DUPERRIER.

Vous osez...

ARMAND, avec calme.

Je vous appelle du titre que la loi vous impose. Ah! je comprends maintenant les motifs qui pourraient vous faire désirer de l'abdiquer... Mais, par malheur, cela n'est pas en votre pouvoir... (Avec fermeté.) Et j'ai seul, ici, le droit de porter votre nom.

DUPERRIER.

Vous le portez dignement, en effet...

ARMAND.

Aussi dignement, je pense, que pourrait le faire un homme.. que vous avez, vous-même, accusé... d'un vol, je crois.

ALBERT, hors de lui.

Monsieur!

DARCY, bas à Armand.

Dites donc, monsieur, vous savez que nous avons un petit compte à régler ensemble?

ARMAND.

Parfaitement. (A Albert.) Ce n'est pas moi, monsieur, qui vous accuse. Et, si éloquentes que soient des... prières et des larmes, croyez que je serais enchanté de vous savoir quelque autre moyen de justification.

ALBERT.

Cette justification, monsieur, Dieu n'a pas voulu me l'accorder, puisqu'il a permis que je devinsse aveugle; puisqu'il n'a pas voulu, si je rencontrais un jour le coupable, que je pusse m'écrier en le montrant du doigt : Le voilà! c'est lui! je le reconnais, car je l'ai vu un instant après le vol.

ARMAND, à part.

Que dit-il?

DUPERRIER.

Tu l'as vu?

ALBERT.

Oui, mon père. Au moment où il s'enfuyait par la fenêtre de la caisse, la lune éclairait son visage, et ses traits sont demeurés profondément gravés dans ma mémoire. C'était un jeune homme à peu près de mon âge. Sa vue m'avait vivement impressionné; mais, craignant que peu à peu son image s'effaçât de ma mémoire, ou peut-être pressentant le malheur qui devait m'atteindre, quelques jours avant de devenir aveugle... j'ai fait le portrait de cet homme.

ARMAND, avec effroi.

Son portrait!

DARCY, qui le regarde.

Qu'a-t-il donc?

DUPERRIER.

Ce portrait... tu me le montreras.

DARCY.

Si on l'envoyait chercher à votre ancien atelier?

LOUISE.

Oui, je puis à l'instant...

ALBERT.

C'est inutile, me disposant à partir pour Lyon, j'avais pris ce portrait, je l'ai là...

ARMAND, terrifié.

Là?...

ALBERT, tendant le portrait.

Tenez, mon père... (Duperrier et Armand regardent le portrait en même temps, ce dernier avec effroi, tous deux poussent un cri.)

DUPERRIER.

Grand Dieu!... qu'ai-je vu? (A Armand.) Le reconnaissez-vous, monsieur?

DARCY.

Mais... mais c'est vous, c'est votre image, monsieur...

LOUISE et GENEVIÈVE.

Comment?... que dit-il?

ARMAND.

A moi... à moi!... allons donc?

DUPERRIER.

Oui... oui, c'est vous.

ALBERT.

Son portrait!... mais il est donc ici celui qui a causé le malheur de toute ma vie, le malheur de Louise et de ma fille? ce misérable, cet infâme!

DUPERRIER.

Albert!

DARCY.

Mon ami, au nom du ciel!...

ALBERT.

Ah! ne me retenez pas! à défaut de mes yeux éteints, la colère et la haine me guideront... et je veux...

DARCY, à Duperrier, avec force.

Monsieur, je vous déclare qu'il se perd, monsieur, je vous déclare qu'il se tue!

DUPERRIER.

Albert! au nom de l'autorité que me donne sur vous mon titre de père, je vous ordonne de sortir...

ALBERT, avec force.

Mais vous ne comprenez donc pas...

DUPERRIER, avec force.

Encore une fois, je vous l'ordonne, mon fils...

ALBERT, courbant la tête.

Je vous obéis, mon père, je vous obéis...

DUPERRIER.

Louise, et vous, docteur, emmenez-le, emmenez-le...

ALBERT.

Oh! docteur, fût-ce au péril de ma vie, je veux voir, je veux oir! (Il sort conduit par Louise et Darcy.)

DARCY, sortant.

Venez, venez donc.

SCÈNE VIII.

UPERRIER, ARMAND, GENEVIÈVE, près de la porte par laquelle est sorti Albert.

DUPERRIER.

Ainsi, le misérable qui s'était introduit chez moi, qui m'avait olé et qui avait laissé accuser un innocent de ce vol, c'était ous, monsieur?

ARMAND.

Sur quelle preuve m'accuse-t-on?

DUPERRIER.

Avant que ce vol ne fût commis, Albert ne vous avait jamais u!... Par quel miracle alors eût-il pu retracer vos traits?

ARMAND.

Que ne demandez-vous plutôt si c'est moi qui suis coupable le ce vol, par quel miracle votre monsieur Albert a pu payer rente mille francs perdus par lui au jeu?

GENEVIÈVE, à part.

Que dit-il?

DUPERRIER.

Quoi! vous avez appris...

ARMAND.

Tout ce que vous semblez avoir oublié; oui, monsieur, je l'ai su par Rémy, votre domestique; par Rémy, qui a porté la somme; par Rémy, qui était là, et qui vous entendait quand vous demandiez vainement à monsieur Albert d'où venait l'argent qui avait acquitté sa dette.

GENEVIÈVE.

Ce qu'il n'a pu dire, monsieur, je puis vous l'expliquer, moi...

ARMAND.

Vous!...

DUPERRIER.

Parlez! parlez! Geneviève.

GENEVIÈVE.

Ne vous souvient-il pas que ce jour-là, monsieur, remplissan disiez-vous, les dernières intentions de mon père, vous me remettiez soixante mille francs, qui devaient être ma dot?

DUPERRIER.

Oui, cela est vrai.

GENEVIÈVE.

Albert m'avait confié cette perte au jeu; il m'avait dit l'inflexible rigueur de son créancier, et pour le sauver, car il voulait mourir...

DUPERRIER.

Mourir!...

GENEVIÈVE.

J'ai envoyé à cet homme une partie de l'argent que vous veniez de me donner.

DUPERRIER.

Tu as fait cela, Geneviève? (A part.) Mon Dieu! vous m'avez donc pardonné la mort de son père, puisque vous avez permis que ce fût elle qui me conservât la vie de mon fils.

GENEVIÈVE.

C'était au moment de mon départ, et dans ma précipitation j'ai commis une erreur...

DUPERRIER, vivement.

Oui, oui, un billet qui se trouvait en trop et qu'on m'a rapporté... Ah! tout est expliqué maintenant... (Appelant.) Albert, Albert... (On entend un cri au dehors)

GENEVIÈVE.

Mon Dieu!

DUPERRIER.

Ce cri... (Il court vers la chambre où est Albert.)

SCÈNE IX.

LES MÊMES, puis TOUT LE MONDE.

LOUISE, paraissant.

Arrêtez... arrêtez, monsieur...

DUPERRIER.

Qu'avez-vous donc?

LOUISE.

N'avez-vous pas entendu ce cri?...

DUPERRIER.

Eh bien?

LOUISE.

Cédant aux instances d'Albert, qui le suppliait à genoux, qui lui disait : Rendez-moi la vue, docteur, ou faites que je cesse de souffrir en cessant d'exister, M. Darcy s'est décidé à tenter l'opération. Je l'ai vu... saisir en tremblant... en pleurant, l'instrument qui devait décider de notre sort... je l'ai vu l'approcher des yeux de mon mari!... Puis un cri terrible!... déchirant... j'ai eu peur, j'étais folle, je me suis enfuie.

ALBERT, entrant vivement, suivi de Darcy.

Laissez-moi, docteur, laissez-moi... je vous dis que je vois, entendez-vous? je... (Courant à Duperrier.) Ah! mon père, mon père!...

LOUISE, hors d'elle-même.

Ah! vous me l'avez sauvé, vous me l'avez sauvé, docteur! (Elle l'embrasse avec effusion.)

DARCY.

Merci, merci, madame. Voilà les meilleurs honoraires que j'aie reçus de ma vie.

ALBERT.

Je vous revois enfin... docteur... je... (Apercevant Armand.) Ah!.. c'est lui... c'est lui!

LOUISE, frappée d'une idée.

Ah!... (Elle court vers la porte et va prendre l'enfant.)

DUPERRIER.

Mon fils!

LOUISE.

Albert...

ALBERT, se tournant vers elle.

Louise... (Apercevant l'enfant.) Ah! mon Dieu..... mon Dieu..... ma fille, que je n'ai jamais vue! (Il court vers l'enfant, s'agenouille auprès d'elle et la prend dans ses bras.) Ah! qu'elle est belle! (Il l'embrasse.)

DARCY, bas à Armand.

Monsieur, je viens de réussir une opération, je vais essayer de vous en pratiquer une autre! et je vous préviens qu'aujourd'hui..... j'ai la main heureuse.

FIN.

Paris.—Typ. Morris et Comp., rue Amelot, 64.

www.ingramcontent.com/pod-product-compliance
Ingram Content Group UK Ltd.
Pitfield, Milton Keynes, MK11 3LW, UK
UKHW020450220726
13923UKWH00005B/2444

9 782329 063096